LA GROTTE
GORGONE

Le funeste destin des Baudelaire

par LEMONY SNICKET

traduit par Rose-Marie Vassallo

Onzième volume

LA GROTTE GORGONE

Catalogage avant publication de la Bibliothèque nationale du Canada

Snicket, Lemony

La grotte gorgone

(Le funeste destin des Baudelaire ; 11e)
Traduction de : The grim grotto.
Pour les jeunes de 8 à 16 ans.

ISBN 2-7625-2683-3

I. Helquist, Brett. II. Vassallo, Rose-Marie. III. Titre. IV. Collection : Snicket, Lemony. Funeste destin des Baudelaire ; 11e.

PZ23.S59985Gr 2006   j813'.54   C2006-941542-0

The Grimm Grotto
Copyright du texte © 2004 Lemony Snicket
Copyright des illustrations © 2004 Brett Helquist
Publié par HarperCollins Publishers Inc.

Version française
© Éditions Nathan 2004
Pour le Canada
© Les éditions Héritage inc. 2006
Tous droits réservés

Infographie et mise en pages : Jean-Marc Gélineau
Révision : Ginette Bonneau

Dépôts légaux : 3e trimestre 2006
Bibliothèque et Archives nationales du Québec
Bibliothèque nationale du Canada

ISBN : 978-2-7625-2683-7
ISBN : 2-7625-2683-3   Imprimé au Canada

10 9 8 7 6 5 4 3 2 1

LES ÉDITIONS HÉRITAGE INC.
300, rue Arran, Saint-Lambert (Québec) J4R 1K5
Téléphone : 514 875-0327
Télécopieur : 450 672-5448
Courriel : information @editionsheritage.com

Pour Beatrice

Les morts ne racontent pas d'histoires,
les mortes non plus ;
les vivants dans la peine en écrivent.

CHAPITRE

I

Après avoir longuement observé les rivières et les océans, après avoir étudié les averses, les crachins et les giboulées, après avoir médité sur les flaques, les gouttières et les lavabos, les scientifiques de notre planète ont élaboré une théorie qu'ils ont baptisée « cycle de l'eau ».

En gros, le cycle de l'eau repose sur trois phénomènes : a) évaporation ; b) précipitations ; c) ruissellement. Et ces trois phénomènes sont d'un ennui mortel – ennuyeux comme la pluie.

Clairement, rien n'est plus barbant que de lire des choses barbantes, mais que vaut-il mieux : bâiller ou sangloter ? Piquer du nez sur la page ou verser toutes les larmes de son corps, autre cycle de l'eau, au risque de détremper l'oreiller, les draps, la précieuse collection de boomerangs et tout le reste ?

À l'image du cycle de l'eau, l'histoire des orphelins Baudelaire repose, en gros, sur trois phénomènes. Mais pourquoi lire ce récit navrant ? Si j'étais vous, je m'attellerais plutôt au cycle de l'eau.

Le plus ancien des phénomènes Baudelaire avait pour prénom Violette. À quinze ans, ou peu s'en fallait, Violette était, ou peu s'en fallait, le plus brillant génie inventif que la terre eût porté. En tout cas, à ma connaissance, elle était le plus brillant génie inventif jamais entraîné sur un radeau par les eaux en crue de la Frappée. C'était un personnage captivant et cependant, à votre place, je me pencherais sur le phénomène de l'évaporation – cette habitude qu'a l'eau de se transformer en vapeur, puis en nuages – plutôt que sur les flots tumultueux qui emportaient la pauvre enfant, de méandre en méandre, vers le pied des monts Mainmorte.

Second des phénomènes Baudelaire, Klaus ne manquait pas non plus de caractère. Et cependant vous feriez mieux de considérer le phénomène des précipitations – cette manie qu'a la vapeur de retomber sur terre sous forme de pluie – plutôt que l'esprit bien affûté de ce garçon et les misères qu'allaient lui valoir ses dons sitôt que le trio retomberait non pas sur terre mais sur le comte Olaf, scélérat notoire et notoire détourneur d'héritages, aux trousses des orphelins Baudelaire depuis la disparition de leurs parents dans un terrible incendie.

Enfin, Prunille Baudelaire, phénomène encore récent quoique depuis peu sorti du bas âge – également nommé phase larvaire, également nommée stade bébé –, avait de quoi fasciner elle aussi, ne fût-ce que par sa dentition hors pair, qui avait tiré le trio de quantité de situations déplaisantes, ou ses dons naissants pour la cuisine, qui avaient glissé un rien de douceur dans un monde de brutes. Et cependant, bien qu'il soit peu de sujets aussi rasants que le phénomène du ruissellement – cette idée fixe qu'a l'eau du ciel de toujours courir à la rivière, afin de reprendre à zéro le fastidieux cycle de l'eau –, très franchement vous feriez mieux d'ouvrir la première encyclopédie venue et de vous plonger dans ces questions soporifiques au lieu de vous cramponner au présent ouvrage. Car la calamité naturelle dont Prunille va être victime en ces pages est bien la pire abomination à laquelle je puisse songer, et pourtant j'en connais un rayon.

Encore une fois, le cycle de l'eau est peut-être à mourir d'ennui, mais l'histoire du trio Baudelaire est à mourir de frayeur et de chagrin. En conséquence, vous auriez tort de rater une excellente occasion de vous morfondre utilement plutôt que d'essayer de savoir ce qu'il advint des trois orphelins, soudés comme des patelles à leur radeau de bois sur le grand bouillon de la Frappée.

— Que va-t-il advenir de nous ? lança bien haut

Violette par-dessus les gargouillis. Je ne vois vraiment pas qu'inventer pour arrêter cette luge !

— Je crois qu'il vaut mieux ne pas même essayer ! cria Klaus en réponse. Le Printemps des fous a fait fondre la glace, d'accord, mais l'eau est à la température des glaçons ! Si l'un de nous faisait le plongeon, je ne pense pas qu'il survivrait longtemps.

— Quiiigley, chevrota Prunille.

La benjamine des Baudelaire s'exprimait encore dans un langage un peu hermétique, mais dernièrement, son élocution avait fait d'énormes progrès, presque autant que ses talents de cordon-bleu. Et ses aînés comprenaient fort bien qu'elle se tourmentait pour Petipa Beauxdraps, plus connu sous le nom de Quigley, avec qui les trois enfants s'étaient liés récemment. Quigley avait aidé Violette et Klaus à retrouver le quartier général de S.N.P.V. au creux du Sous-bois aux neuf percées à tout vent ; il les avait aidés à arracher Prunille au comte Olaf. Mais le deuxième bras du torrent avait cru bon d'emporter le garçon dans une autre direction. Or le jeune cartographe – mot signifiant ici «personne particulièrement douée pour tracer des cartes de géographie, et pour qui le cœur de Violette battait tout spécialement» – n'avait même pas de luge en guise de radeau, à peine un bout de rampe d'escalier.

– – Quigley a trouvé le moyen de sortir de l'eau, j'en suis certaine, affirma Violette qui, bien sûr, n'était certaine de rien de tel. Simplement, j'aimerais savoir où il va. Il nous a donné rendez-vous quelque part, je n'ai même pas entendu où.

Klaus lâcha le radeau d'une main pour tirer de sa poche un gros carnet, et l'esquif eut un hoquet. Ce carnet bleu nuit, c'était un cadeau de Quigley, justement. Le jeune Beauxdraps possédait le même en violet et il notait dans ce calepin, comme il l'appelait, tout ce qui lui semblait digne d'être noté.

— À mon avis, déclara-t-il en tournant les pages, il voulait parler de ce rassemblement S.N.P.V., jeudi. Vous savez bien, ce message codé qu'on a décodé hier. Et grâce à toi, Prunille, nous savons où la rencontre a lieu : à l'hôtel Dénouement. C'est sûrement là que Quigley nous disait d'aller. Au dernier havre sûr.

— Mais tu sais où il est, toi, cet hôtel ? répliqua Violette. Et tu fais comment, pour aller retrouver quelqu'un sans savoir où ?

Faute de réponse, les trois enfants se turent. Durant de longues minutes, agrippés à leur radeau, ils se contentèrent d'écouter les clapotis faire rage autour d'eux.

Quoi de plus doux, d'ordinaire, que de regarder couler un fleuve en oubliant le temps qui passe et de rêver aux mystères du monde, les yeux sur ses reflets scintillants ? Hélas ! la Frappée charriait trop de saletés pour avoir des reflets scintillants, et tous les mystères que les enfants Baudelaire avaient tenté d'éclaircir jusqu'alors s'étaient révélés déboucher sur d'autres mystères en pagaille, lesquels avaient débouché sur plus de mystères encore, et cette prolifération de mystères laissait les trois enfants, pour finir, plus submergés que rêveurs.

Ils savaient que S.N.P.V. était une sorte de société secrète, mais ils n'avaient pas la moindre idée des raisons d'être de cette confrérie, pas plus que des liens que leurs parents avaient pu avoir avec elle. Ils savaient le comte Olaf prêt à tout pour mettre ses vilaines pattes sur un mystérieux sucrier, mais ils ignoraient en quoi ce sucrier était si important, ainsi que l'endroit où il pouvait bien se trouver. Ils savaient qu'il existait au monde des gens susceptibles de leur faciliter la vie, mais jusqu'alors tous ceux qui auraient dû le faire – tuteurs, tutrices, banquiers, amis – n'avaient été d'aucun secours ou avaient disparu d'une manière ou d'une autre au beau milieu des pires urgences. Et ils savaient aussi qu'il existait au monde des gens susceptibles de ne *pas* leur faciliter la vie – de tristes personnages dont le nombre semblait croître à mesure que la perfidie, la bassesse et l'ignominie s'infiltraient et ruisselaient sur cette pauvre planète, aussi désespérantes que le cycle de l'eau.

Mais le mystère essentiel, pour l'heure, était le futur proche. Que faire à présent, là, maintenant, tout de suite ? Transis, recroquevillés, cramponnés à leur radeau, les trois enfants n'en avaient pas la moindre idée.

— À votre avis, finit par dire Violette, si on reste là-dessus, on va se retrouver où ?

— Au pied des montagnes, affirma Klaus. L'eau va toujours de haut en bas. Une fois sortie du massif Mainmorte, la Frappée débouche sans doute sur l'arrière-pays avant d'aller se jeter quelque part dans un grand réservoir, du genre lac ou océan. À partir de là, l'eau s'évapore en nuages, elle retombe sous forme de pluie, de neige ou de grêle et ainsi de suite.

— Razz, dit Prunille.

— Le cycle de l'eau est un peu monotone, convint Klaus. Mais c'est sans doute le meilleur moyen de prendre nos distances par rapport à Olaf.

— Ce sera déjà ça, déclara Violette. Il a bien dit qu'il se lançait à nos trousses.

— Esmélita, rappela Prunille ; ce qui signifiait : «Et pas tout seul ! Avec Esmé d'Eschemizerre et Carmelita Spats, en plus.»

La mine des trois enfants s'assombrit à la pensée de ces deux-là – la chère et tendre du comte Olaf, qui l'épaulait dans ses mauvais coups parce qu'elle jugeait la scélératesse «très tendance», et la pire chipie du collège Prufrock, qui venait de se joindre à la bande d'Olaf pour d'égoïstes raisons bien à elle.

— Donc, on reste sur cette luge, conclut Violette. Et on verra bien où elle nous emmène, c'est ça ?

— Pas terrible, comme plan, admit Klaus, mais je n'en vois pas de meilleur.

— Paciff, résuma Prunille, et ses aînés acquiescèrent, la mine basse.

Passif est un mot plutôt rare dans la bouche d'un tout-petit, et rare aussi, d'ailleurs, dans la bouche d'un enfant Baudelaire, tout comme dans celle de quiconque mène une vie intéressante. «Passif» signifie, en gros, «qui accepte les événements sans essayer d'y rien changer», et à coup sûr chacun de nous a ses moments de passivité. Vous-même, par exemple, peut-être avez-vous eu un moment de passivité, un jour, assis dans un magasin de chaussures, tandis qu'un vendeur obstiné s'affairait à vous fourrer le pied dans toute une série de mocassins aussi immettables qu'atroces, alors que vous ne rêviez que d'un modèle : le richelieu rouge fraise à boucle biscornue que jamais personne ne vous achèterait. Les enfants Baudelaire avaient eu un moment de passivité absolue sur la plage de Malamer, le jour où ils avaient appris brutalement la disparition de leurs parents et où ils s'étaient laissé emmener par M. Poe, comme anesthésiés, vers leur nouvelle et triste vie. Moi-même, il n'y a pas si longtemps, j'ai eu un moment de passivité, assis dans un magasin de chaussures, tandis qu'un vendeur obstiné s'affairait à me fourrer le pied dans toute une série de mocassins aussi immettables qu'atroces, alors que je ne rêvais que d'un modèle, le richelieu rouge fraise à boucle biscornue que jamais personne n'accepterait de m'acheter. Ce genre de situation est fort pénible et cependant on y survit : un moment de passivité ne fait jamais que passer.

Mais un moment de passivité sur un radeau secoué par les flots, avec des criminels à vos trousses, est un rude moment à passer, et les enfants Baudelaire se trémoussaient sur leur esquif comme je me trémoussais sur ma chaise, me demandant comment m'évader de ce sinistre magasin de chaussures. Violette se trémoussait en songeant à Quigley, et priait le ciel qu'il eût réussi à sortir de l'eau glacée pour se tirer d'affaire. Klaus se trémoussait en songeant à S.N.P.V., espérant de tout cœur en savoir plus, un jour, sur cette confrérie, malgré la destruction de son Q. G. Et Prunille se trémoussait en songeant aux poissons de la Frappée, qui continuaient de venir toussoter à la surface de l'eau chargée de cendres. La petite se demandait si ces cendres – résidu d'un incendie au cœur des montagnes – risquaient de donner un drôle de goût aux poissons, même cuisinés avec force beurre et citron.

Les trois enfants étaient si occupés à se trémousser en réfléchissant que, lorsque leur radeau,

au détour d'un méandre, franchit l'arête d'un de
ces étranges monts carrés, ils ne remarquèrent
pas tout de suite que le paysage venait de changer.
C'est seulement quand le vent fit voleter sous leur
nez deux ou trois bouts de papier qu'ils revinrent
à la réalité : le dédale des gorges avait pris fin et un
étrange panorama s'offrait à eux en contrebas.

— Hé ! s'écria Violette. C'est quoi, tout ce noir,
en bas ?

Klaus remonta ses lunettes sur son nez.

— Mystère et boule de gomme, dit-il. À cette
distance, va savoir !

— Subjavik, déclara Prunille, et elle disait vrai.

Depuis ce versant du massif Mainmorte, les
enfants s'étaient attendus à retrouver l'arrière-pays
– l'immense plaine pelée au milieu de laquelle ils
avaient séjourné récemment. Mais au lieu des tons
dorés de ce paysage en galette, ils avaient sous les
yeux une sorte d'océan noirâtre, pareil à un fond
d'encrier. À perte de vue tournoyaient mollement
d'étranges volutes d'un gris d'ardoise, monstrueuses
anguilles ondoyant dans un étang d'ombre. De-ci
de-là s'en échappaient des résidus légers qui flottaient au vent comme des flocons noirs. Certains
de ces résidus étaient des bribes de papier journal,
d'autres des brins de végétaux, mais la plupart
étaient si sombres que bien malin qui aurait pu dire
s'il s'agissait de plumes de corbeau, de bâtons de

réglisse ou de papillons couleur de nuit – et c'était très exactement ce que Prunille résumait par ce mot, «subjavik».

Klaus se retourna vers ses sœurs, le visage défait.

— Je sais ce que c'est, dit-il d'une voix éteinte. Des vestiges d'incendie.

Ses sœurs scrutèrent la plaine. Klaus avait vu juste. De l'altitude où ils se trouvaient encore, ce paysage noirci semblait confus mais le doute n'était plus permis : c'était bien le feu – un immense brasier – qui avait fait table rase sur l'arrière-pays, n'y laissant que cendres et chicots.

— Oui, murmura Violette. Ça y ressemble, mais... qui pourrait avoir mis le feu ici ?

— Nous, laissa tomber Klaus.

— Caligari, rappela Prunille, faisant allusion à un certain parc forain où les trois enfants avaient séjourné quelque temps, déguisés. Hélas ! le comte Olaf les avait contraints de l'aider à embraser l'endroit, et à présent ils avaient sous les yeux les conséquences de leur acte, expression signifiant ici «le résultat de ce qu'ils avaient fait, même s'ils n'avaient absolument pas voulu le faire».

— Ce n'est pas de notre faute, plaida Violette. En tout cas, pas entièrement. On était bien obligés d'obéir à Olaf, sinon il aurait vu que c'était nous, sous nos déguisements.

— Il l'a vu de toute manière, répliqua Klaus.

— Disculp, déclara Prunille ; autrement dit : «N'empêche, ce n'est pas de notre faute. D'abord, c'est lui qui a commencé.»

— D'accord avec toi, Prunille, dit Violette. L'idée n'était pas de nous. Elle était d'Olaf.

— Mais on ne l'a pas *empêché*, soutint Klaus. Et des tas de gens nous tiendraient pour entièrement responsables. D'ailleurs, ces bouts de journal sont sûrement des restes du *Petit pointilleux*, qui nous a déjà accusés de trente-six crimes.

— Ça, c'est bien vrai, soupira Violette. (En quoi elle se trompait, tout comme Klaus, et j'ai découvert depuis que les lambeaux de journal en question provenaient d'une autre publication, qui aurait rendu un immense service aux trois enfants s'ils avaient pu en rassembler les morceaux.) Vous savez, je crois vraiment que nous ferions mieux de nous offrir un moment de passivité. Nous démener ne nous a pas avancés à grand-chose jusqu'ici.

— De toute façon, dit Klaus, mieux vaut rester sur ce radeau. Tant que nous voguons sur l'eau, rien à craindre du feu, au moins.

— Pas comme si nous avions le choix, fit remarquer Violette. Regardez.

Ses cadets regardèrent, et virent que le radeau approchait d'une intersection, ou plutôt, en langage de géographe, d'un confluent – en d'autres mots, d'un endroit où les eaux de la Frappée se mariaient à celles d'un autre cours d'eau. Le nouveau cours d'eau ainsi formé était nettement plus large, et ses eaux encore plus houleuses, si bien que les trois enfants durent se cramponner plus ferme encore, de peur de se faire éjecter de leur esquif.

— Quelque chose me dit que nous approchons d'un vaste plan d'eau, lac ou océan, annonça Klaus. Nous sommes plus loin que je ne le pensais dans le cycle de l'eau.

— Vous croyez que ce bras de rivière est celui qui a emporté Quigley? demanda Violette, se dévissant le cou dans l'espoir d'apercevoir leur ami porté manquant.

— Sauvkip! cria Prunille; entendant par là: «Accroche-toi plutôt! Pas le moment de regarder en arrière!»

Et la petite avait raison. Avec un énorme *whooosh*, le fleuve contourna une nouvelle arête et ses eaux se firent si furieuses que les enfants se crurent sur un mustang plutôt qu'une placide luge de bois.

— Tu pourrais nous diriger vers la rive? cria Klaus par-dessus le tumulte redoublé. Je crois que je vois du sable, là-bas!

— J'aimerais bien! s'égosilla Violette. Mais la direction est cassée, tu l'as oublié? Et avec ce courant dingue, même pas la peine d'essayer de ramer!

Elle n'en repêcha pas moins son ruban au fond de sa poche pour s'en nouer les cheveux d'une main et tenter de se concentrer. Le regard braqué vers l'avant, elle réfléchissait avec fièvre, s'efforçant de retrouver les plans d'ingénieux mécanismes étudiés naguère, du temps où ses parents encourageaient sa passion.

— Les patins! s'écria-t-elle soudain, et elle reprit plus fort: Les patins de la luge! Ils facilitent les manœuvres sur la neige, peut-être qu'ils pourraient nous aider à manœuvrer sur l'eau?

Klaus chercha des yeux autour de lui.

— Et ils sont où, ces patins?

— Par-dessous! cria Violette.

— Contorti? s'informa Prunille; autrement dit: «Et comment tu y accèdes, au dessous de la luge?»

— C'est bien là le problème! avoua Violette, et elle se remit à fouiller dans ses poches, cherchant elle ne savait quoi.

Tout récemment encore, au fond de ces poches, elle avait eu un couteau à pain, entre autres. À l'heure qu'il était, l'ustensile à manche en bois flottait sans doute quelque part entre deux eaux... La gorge nouée, Violette regarda les rives s'éloigner à vue d'œil à mesure que le cours d'eau s'élargissait en estuaire. Puis ses yeux se posèrent sur ses cadets, qui attendaient d'elle en silence quelque invention salvatrice. Durant un long moment, les trois enfants échangèrent des regards embués, clignant des paupières et se demandant que faire.

C'est alors que, soudain, un œil de plus surgit, lui aussi ruisselant, comme clignant des paupières, droit devant le radeau-luge.

À première vue, on aurait dit l'œil de quelque odieux monstre marin comme on n'en voit qu'en mythologie ou dans les parcs de loisirs aquatiques. Mais vu de plus près – ce qui fut très vite le cas –, il se révéla fait de métal et de verre, et perché sur un long pédoncule d'acier qui s'incurvait au sommet comme pour mieux observer les enfants.

Il est assez rare de voir un œil émerger des remous d'un estuaire et cependant, pour les orphelins Baudelaire, celui-ci avait quelque chose d'extrêmement familier. Cet œil, ils l'avaient vu bien des fois – ou si ce n'était lui, c'était son frère – depuis leur premier face-à-face avec la cheville tatouée du comte Olaf. Cet œil était un emblème, un symbole, en même temps qu'une sorte d'insigne. Lorsqu'on le regardait d'une certaine façon, on y devinait quatre lettres, quatre mystérieuses initiales.

— Védécé ! cria Prunille tandis que le radeau-luge continuait d'en approcher.

— Hé ! mais c'est quoi ? demanda Klaus.

— Un périscope ! s'écria Violette. Un de ces engins dont se servent les sous-marins pour regarder à la surface !

— Quoi ? ! Tu crois qu'il y a un sous-marin au-dessous de nous ?

Violette n'eut pas à répondre. L'œil continuait de s'élever et les trois enfants, très vite, purent constater que le pédoncule était riveté sur une énorme surface métallique, en grande partie submergée. La luge flottante s'approcha jusqu'à presque le toucher puis s'arrêta – comme n'importe quel radeau s'arrête lorsqu'il vient de s'échouer sur un gros rocher.

— Regardez ! cria Violette par-dessus le gargouillis des remous, tout en indiquant du doigt une trappe à la base du périscope. Une écoutille ! Essayons de frapper. Peut-être que quelqu'un va répondre ?

— Sauf qu'on n'a aucune idée de qui peut bien être à l'intérieur, fit observer Klaus.

— Vatou ! cria Prunille de sa petite voix pointue ; autrement dit : «C'est notre unique chance de sortir de ces eaux en un seul morceau !»

Et elle se pencha tant qu'elle put pour frapper à grands coups de dents sur le panneau métallique. Ses aînés l'imitèrent, quoique plutôt à coups de poing.

— Ohé ! cria Violette.

— Ohé ! cria Klaus.

— Shalom ! hurla Prunille.

Par-dessus le bouillonnement de l'eau, les enfants perçurent un son étouffé en provenance de l'intérieur. C'était une voix humaine, aussi grave et nimbée d'échos que si elle remontait d'un puits.

— Ami ou ennemi? disait la voix.

Les enfants se consultèrent du regard. Ils savaient – comme vous et moi – que la question «Ami ou ennemi?» est traditionnellement posée à tout visiteur se présentant aux portes d'un lieu important, palais impérial ou magasin de chaussures farouchement gardé, et que l'arrivant doit s'identifier en tant qu'allié ou adversaire de ceux qui logent à l'intérieur. Mais les jeunes Baudelaire étaient bien en peine de répondre, pour la bonne et simple raison qu'ils ignoraient qui se trouvait à l'intérieur.

— Qu'est-ce qu'on dit? demanda Violette à mi-voix. Cet œil pourrait signifier que le sous-marin appartient à Olaf, auquel cas nous sommes ennemis.

— Mais il pourrait signifier aussi que le sous-marin appartient aux gens de S.N.P.V., auquel cas nous sommes amis.

— Vidan! trancha Prunille; ou plus simplement: «Si on veut entrer, il n'y a pas trente-six réponses.»

Et, se penchant au-dessus de l'écoutille, elle lança haut et clair: «Amis!»

Il y eut un silence, puis la voix résonnante reprit:

— Mot de passe, s'il vous plaît.

À nouveau, les trois jeunes Baudelaire échangèrent des regards muets. Un mot de passe, comme chacun sait, consiste en un ou plusieurs mots qu'il faut impérativement prononcer pour obtenir une information ou pénétrer dans un lieu secret ; or les enfants, il va de soi, n'avaient aucune idée du mot de passe exigé. Dans un premier temps, aucun d'eux ne dit rien, chacun s'efforçant de réfléchir. Les trois enfants auraient mieux aimé pouvoir réfléchir dans le calme, sans être en permanence dérangés par les glouglous du courant ni par la toux des poissons. Ils auraient mieux aimé, beaucoup mieux, au lieu de flotter à la dérive sur un radeau précaire au milieu d'un estuaire, se trouver dans un endroit tranquille comme la bibliothèque Baudelaire, où ils auraient pu, dans le silence, réfléchir à ce damné mot de passe.

Mais si tous trois, chacun de son côté, rêvaient à la bibliothèque familiale, c'est Violette qui, de fil en aiguille, songea à une autre bibliothèque : celle du Q. G. dévasté, au creux du Sous-bois aux neuf percées à tout vent. En pensée, elle revit soudain l'arche de fer forgé, la devise gravée au fronton. Elle regarda ses cadets, prit une grande inspiration et se pencha vers l'écoutille pour prononcer les mots qui, peut-être, allaient décider de leur sort.

— Ici, le monde est paisible, articula Violette d'une voix claire.

Il y eut un temps mort, puis, avec un interminable grincement métallique, l'écoutille s'ouvrit grand et les trois enfants se retrouvèrent face à un puits sombre, dont émergeait le haut d'une échelle plaquée le long de la paroi.

Alors ils furent pris de frissons, et la cause n'en était pas le vent coupant, ni les eaux glacées qui se ruaient autour d'eux. Non, ce qui leur faisait froid dans le dos, c'était d'ignorer totalement, s'ils se risquaient au bas de cette échelle, à qui ils allaient avoir affaire et où ils allaient se retrouver. Avant de s'enfoncer dans ce puits sans savoir où ils mettaient les pieds, les trois enfants auraient voulu pouvoir au moins poser une question, eux aussi. «Ami ou ennemi?» brûlaient-ils de demander. «Ami ou ennemi?»

Des deux risques, lequel était le moindre? S'aventurer dans ce sous-marin ou se laisser ballotter par les eaux en furie d'un fleuve se ruant vers la mer?

— Entrez, enfants Baudelaire, dit la voix.

Alors, que cette voix fût amie ou ennemie, les enfants résolurent de descendre à cette échelle.

CHAPITRE
II

— En bas, toutes! commanda la voix résonnante tandis que les enfants, à la queue leu leu, s'engageaient le long de l'échelle de fer. Aye! 'Ttention l'échelle! Fermez bien l'écoutille! Pas de bousculade! Non – prenez votre temps! 'Ttention les pieds! Aye! N'allez pas tomber! Ne faites pas de bruit! Ne me donnez pas le vertige! Ne regardez pas en bas! Non – regardez où vous posez les pieds! Pas de liquide inflammable sur vous! 'Ttention les mains! Aye! Non – 'ttention votre dos! Non – 'ttention ce que vous dites! Aye!

— Aïe? chuchota Prunille à ses aînés.

— *Aye*, expliqua Klaus à voix basse, ça veut dire «oui», tout bêtement. C'est un oui un peu ancien, d'origine écossaise, je crois. Employé surtout par les marins...

— Aye! reprit la voix. Ouvrez bien les yeux! Regardez par-dessous! Regardez par-dessus! Regardez partout! 'Ttention aux espions! 'Ttention la tête! 'Ttention à vous! Aye! Soyez trèèès prudents! Soyez vigilants! Soyez calmes! Soyez vous! Prenez bien votre temps! Non – ne lambinez pas! Gardez le moral! Gardez la tête froide! Gardez les pieds sur terre – non, sur les barreaux de l'échelle! Aye!

Malgré le tragique de la situation, les enfants sentaient monter le fou rire. La voix inconnue leur cornait aux oreilles tant d'instructions en pagaille – et pas toutes compatibles entre elles – qu'il était impossible de les prendre au sérieux. D'ailleurs, la voix elle-même, plutôt joviale, ne semblait pas se prendre très au sérieux, comme si celui qui lançait les ordres se souciait assez peu de les voir suivis ou non, comme s'il les oubliait au fur et à mesure.

— Tenez bon la rampe! poursuivait la voix. Aye! Non – tenez bon la barre! Tenez-vous droits! Tenez vos promesses! Tenez la cadence! Non – arrêtez! Non – arrêtez d'arrêter! Non – stop! Stop à la guerre! Stop aux injustices! Stoppez tout! Aye!

Prunille avait été la première à se faufiler par l'écoutille. Elle fut la première en bas de l'échelle, la première à poser pied à terre et à se retrouver dans un réduit chichement éclairé, au plafond bas. Au pied de l'échelle se tenait un grand bonhomme ventru, empaqueté de la tête aux pieds dans une sorte de matériau luisant, qu'on aurait dit ciré ou en peau d'anguille, bottes incluses. Sur son estomac s'étalait le portrait d'un barbu à barbe carrée, mais l'inconnu lui-même avait le menton glabre et compensait par une paire de moustaches grandioses, élégamment recourbées en pointe, telles deux parenthèses tracées à la plume.

— Mais ! s'écria l'inconnu, regardant Klaus puis Violette mettre le pied au bas de l'échelle. L'un de vous est un bébé ! Non – vous êtes deux bébés ! Non – trois ! Non – qu'est-ce que je dis ? Aucun de vous n'est un bébé ! Enfin, si, l'un de vous est quasiment un bébé ! Bienvenue à bord ! Aye ! Bonjour ! Salut à vous ! Bon après-midi ! Comment allez-vous ? Aye !

Les enfants Baudelaire s'empressèrent de serrer la main qui se tendait, elle aussi gantée de peau d'anguille.

— Bonjour. Violette Bau... commença Violette, mais il l'interrompit net.

— Baudelaire ! Je sais ! Je ne suis pas stupide ! Aye ! Et toi, tu es Klaus, et toi, Prunille ! Vous êtes les Baudelaire ! Le trio Baudelaire ! Les enfants Baudelaire ! Ceux que *Le petit pointilleux* accuse

de tous les crimes de la terre ! Mais vous êtes innocents – encore que dans un beau pétrin nonobs-
tant ! Naturellement ! Bien sûr ! C'est évident !
Aye ! Enchanté de faire votre connaissance ! En
personne ! En chair et en os ! Si je puis dire ! Allons-
y ! Venez ! Suivez-moi ! Aye !

Pivotant sur ses talons, l'homme sortit du
réduit à grands pas, ne laissant aux enfants
perplexes d'autre choix que de le suivre le long
d'un boyau étroit. Un régiment de tuyaux métalliques courait le long de la paroi, plafond et plancher compris, si bien que, pour avancer, il fallait
tantôt rentrer la tête comme une tortue, tantôt
lever le pied comme une autruche. De temps à
autre, un coude de tuyau vous déversait dans le
cou deux ou trois gouttes d'eau glacée, mais les
enfants, trempés comme des canards, s'en aperce-
vaient à peine. D'ailleurs, toute leur attention était
neutralisée par les propos quelque peu décousus
de leur mentor.

— Voyons voir ! Je vais vous mettre au travail
tout de suite ! Aye ! Non – je vais commencer par
vous faire les honneurs du bord ! Non – je vais vous
offrir un petit en-cas ! Non – je vais vous présenter à
l'équipage ! Non – je vais vous laisser prendre un peu
de repos ! Non – je vais vous fournir vos uniformes !
Aye ! Tout le monde à bord doit être en tenue
étanche – on ne sait jamais, en cas d'avarie ! Dans

ces cas-là, tout le monde doit avoir son scaphandre et son casque ! Sauf Prunille, bien sûr, elle est trop petite ! Mais alors elle se noiera ! Non – elle pourra toujours se nicher à l'intérieur d'un casque ! Aye ! Les casques de scaphandre ont un petit hublot et ils se referment au cou de manière à être étanches ! Aye ! J'ai même vu ça se faire ! J'ai vu tant de choses dans ma vie !

— Euh, je vous prie de m'excuser, risqua Violette, mais... pourriez-vous nous dire qui vous êtes ?

L'homme fit volte-face, leva les bras au ciel et mugit :

— *Quoi ? !* Vous ne savez PAS qui je suis ? Voilà bien la pire insulte que j'aie reçue de ma vie ! Non – j'en ai reçu de pires. De bien pires, en réalité ! Aye ! Je revois encore ce jour où le comte Olaf s'est tourné vers moi et où il m'a dit, de cette vilaine voix éraillée qu'il a... Non – aucun intérêt ! Je vais vous répondre. Je suis le capitaine Virlevent. Et ça s'écrit : V, I, R, L, E, V, E, N, T. À l'envers, ça donne : T, N, E, V, E – bref, peu importe, jamais personne ne l'écrit à l'envers ! Hormis ceux qui n'ont aucun respect pour l'alphabet ! Et il n'en est pas un parmi nous ! N'est-ce pas ?

— Pas un, confirma Klaus. Nous avons le plus grand respect pour l'alphabet.

— Je pense bien ! s'écria le capitaine. Klaus Baudelaire, manquer de respect envers l'alphabet ?

Impensable ! Aye ! Inconcevable ! Inimaginable !
Aye ! Comment oser dire chose pareille ? Mais qui
l'a dite ? Personne ! Non – toutes mes excuses ! Mille
excuses ! Mille pardons ! Aye !

— Ce sous-marin vous appartient-il, capitaine
Virlevent ? risqua Violette.

— *Quoi ? !* rugit le capitaine derechef. S'il m'appartient ? Tu n'en sais donc rien ? Une inventrice de
renom comme toi, ignorer le b. a.-ba de l'histoire
sous-marine ? Bien sûr qu'il m'appartient, ce fringant
submersible ! Depuis des années, qu'il m'appartient !
Aye ! N'as-tu donc jamais entendu parler du capitaine Virlevent et de son *Queequeg* vaillant ? N'as-tu
jamais entendu parler du sous-marin *Queequeg* le
frugal et de son équipage minimal ? C'est le petit
nom que je lui ai trouvé ! Avec un peu d'aide, aye !
J'aurais cru que cette chère Agrippine vous aurait
parlé du *Queequeg* ! Moi qui ai tant patrouillé dans
les eaux du lac Chaudelarmes ! Pauvre Agrippine ! Il
ne se passe pas de jour que je ne songe à elle ! Aye !
Sauf bien sûr les jours où j'ai la tête ailleurs !

— Sapertutti ? s'enquit Prunille.

Le capitaine se pencha vers elle.

— Hé ! on me l'avait bien dit, que j'aurais un peu
de mal à comprendre ce que tu racontes, toi, petite
bonne femme ! Je ne suis pas sûr d'avoir le temps
d'apprendre encore une langue étrangère ! Aye ! Ou
peut-être qu'il va me falloir des cours du soir !

— Ce que vous demande ma sœur, se hâta de traduire Violette, c'est comment il se fait que vous en sachiez autant sur nous.

— Aha ! s'écria le capitaine. Et comment fait-on, hein, pour savoir des choses sur un quelconque sujet ? Je l'ai lu, bien sûr ! J'ai lu d'un bout à l'autre tous les Semainiers des nouveaux potins validés (S.N.V.P.) qui nous sont parvenus ici. Encore que, ces temps derniers, nous n'en ayons plus reçu l'ombre d'un ! Aye ! Voilà pourquoi je suis si heureux de vous voir passer par là ! Aye ! J'ai eu un sacré coup au cœur quand j'ai mis l'œil à mon périscope, tout à l'heure, et que j'ai reconnu vos petits minois qui me regardaient droit dans les yeux ! Aye ! Tout ruisselants, tout mouillés, mais j'étais certain que c'était vous ! Malgré quoi je n'ai pas hésité à vous demander le mot de passe ! Aye ! Je n'hésite jamais ! Aye ! C'est ma philosophie personnelle !

Là-dessus, il s'arrêta net au milieu du boyau et désigna du geste un panneau de cuivre vissé sur la paroi. On aurait dit une plaque commémorative, une de ces plaques sur lesquelles une inscription rappelle qu'à tel endroit il s'est passé ceci, cela, et que nul ne doit l'oublier. Mais cette plaque-ci était un peu spéciale. Un œil y était gravé, un œil façon S.N.P.V., veillant sur les mots suivants, inscrits en lettres énormes : LA PHILOSOPHIE PERSONNELLE DU CAPITAINE. L'inscription figurant au-dessous était nettement moins lisible, et les trois enfants se penchèrent pour la déchiffrer.

— «Celui – qui – hésite – est – perdu!» lut le capitaine d'une voix forte, posant sous chaque mot un gros index ganté.

— «Ou celle», compléta Violette, indiquant deux mots griffonnés entre «Celui» et «qui».

— Oui, ça, c'est un ajout de ma petite belle-fille – la fille de ma femme. Et elle a raison! Celui *ou celle*! Un jour, je passais là, dans ce boyau, quand cette idée m'a traversé l'esprit: une simple hésitation peut vous perdre! Aye! Et vous savez ce que c'est qu'hésiter, aye? Hésiter, c'est avoir un instant d'indécision. Aye! C'est temporiser. Aye! C'est remettre à plus tard! C'est prendre son temps! Aye! C'est perdre du temps, aye! Et ça peut vous perdre! Par exemple, imaginons qu'une pieuvre géante vous poursuive. Si vous hésitez une seconde – «Ai-je ou non le temps de renouer mes lacets?» –, qu'est-ce qui va vous arriver, hein? Perdu, vous êtes perdu, pour avoir hésité! Aye! Voilà pourquoi c'est ma philosophie personnelle! Ne jamais hésiter. C'est ma devise. Et je n'hésite jamais! Aye! Enfin, parfois, si. Mais j'essaie de ne jamais le faire! Parce que *celui ou celle qui hésite est perdu*! Poursuivons!

Et, sans hésiter une seconde, le capitaine Virlevent se remit en marche le long du boyau, dont les parois répercutaient l'écho de l'étrange bruit mouillé de ses bottes. Un peu soûlés par ce flux de paroles, les enfants s'interrogeaient sur sa philosophie personnelle. Qu'en penser ? Fallait-il l'adopter ?

Une philosophie personnelle, c'est un peu comme un ouistiti. L'adopter, sur le moment, peut paraître séduisant, mais les circonstances ne manquent pas où on est plutôt mieux sans. Violette était bien contente d'avoir hésité à jeter ces pastilles de menthe, le jour de l'arrivée chez tante Agrippine ; ces fameuses pastilles les avaient finalement sauvés. Klaus était bien content d'avoir hésité sur l'endroit où se cacher, à la clinique Heimlich ; sans les blouses blanches trouvées là, sa petite sœur et lui n'auraient sans doute pas pu tirer Violette d'une fort mauvaise passe. Et Prunille était bien contente d'avoir hésité, sur le mont Augur ; si elle ne s'était pas attardée du côté de la tente d'Olaf, aurait-elle jamais entendu le nom du dernier lieu sûr ?

D'un autre côté, malgré tant d'occasions dans lesquelles hésiter s'était révélé salutaire, les enfants hésitaient à adopter pour philosophie personnelle : *Celui ou celle qui n'hésite PAS est perdu.* Après tout, une pieuvre géante pouvait surgir à tout instant, surtout lorsqu'on se trouvait à bord d'un sous-marin, et quoi de plus stupide que d'hésiter face à une pieuvre géante ? Au fond, concluait chacun des enfants, en matière d'hésitation, la philosophie personnelle la plus sage était sans doute : *Tantôt mieux vaut hésiter, tantôt mieux vaut ne pas hésiter, tout dépend des circonstances.* Mais c'était un peu long et nébuleux, trop pour être gravé sur une plaque.

— Peut-être, poursuivait le capitaine, que si je n'avais jamais hésité, le *Queequeg* serait comme neuf à l'heure qu'il est ! Aye ! Le sous-marin *Queequeg* le frugal et son équipage minimal ne tiennent pas vraiment la grande forme, j'en ai peur. Aye ! Un peu trop de régime sec – enfin, façon de parler ! Aye ! Mais surtout, surtout, nous nous sommes fait attaquer de partout ! Par des malfrats et par des sangsues ! Par des requins et par des agents immobiliers ! Par des pirates et par leurs fiancées ! Par des torpilles et par des saumons affamés ! Aye !

Il s'arrêta devant une porte blindée qui devait peser au moins une tonne, se retourna vers les enfants et reprit avec un soupir :

— C'est bien simple : sur ce rafiot, tout va de travers, de mon réveille-matin au système radar. Aye ! Rien que pour ça, Violette Baudelaire, je suis bien content de t'accueillir à bord ! Il était grand temps de nous trouver quelqu'un de calé en mécanique !

— Je vais voir ce que je peux faire, murmura Violette.

— Eh bien, vois ! dit le capitaine, et il ouvrit tout grand la lourde porte.

Les enfants le suivirent dans une immense salle aux allures de caverne, qui renvoyait le moindre son en sept ou huit échos à la fois. Là encore circulaient partout des tuyaux et des tubulures. Il en rampait au plafond, il en rampait au ras du sol, il en rampait le long des cloisons. D'autres surgissaient des parois, d'ici, de là, sous tous les angles. Au milieu de toute cette plomberie se pressait une ahurissante armée de tableaux de bord, chacun avec boutons, leviers, cadrans, écrans variés, sans parler de petits écriteaux clamant DANGER! ATTENTION! ou CELUI QUI HÉSITE EST PERDU! Ici et là luisaient des voyants verts, et tout au fond de la salle se dressait une énorme table en chêne massif, croulant sous des monceaux de livres, de cartes marines et de vaisselle sale, juste au-dessous d'un large hublot, mot signifiant ici «fenêtre ronde au travers de laquelle on avait vue sur les eaux troubles de l'estuaire».

— Ici est le ventre de la bête! annonça le capitaine. Aye! Ici est le centre opérationnel du *Queequeg*, le cœur de tout ce qui se passe à bord! Aye! C'est ici que nous commandons le sous-marin, ici que nous prenons nos repas, ici que nous peaufinons nos missions, et, quand nous sommes fatigués de travailler, c'est ici que nous jouons au zanzibar, au pendu, aux petits chevaux ou aux sept familles.

À longues enjambées il gagna un panneau, le souleva, passa la tête par-dessous et appela:

— Fiooona ! Viens par ici, un peu !

Il y eut comme un grattement, puis les enfants virent une ombre débouler de derrière le panneau et jusqu'au milieu de la pièce. Dans le clair-obscur verdâtre, il leur fallut quelques secondes avant de discerner de quoi il s'agissait. Sur une petite plate-forme à roulettes, une fille de l'âge de Violette était allongée sur le dos, une lampe de poche dans une main et une pince multiprise dans l'autre. Vêtue de la même tenue que le capitaine Virlevent, elle arborait sur son estomac le même portrait de barbu à barbe carrée. Avec un grand sourire, elle tendit la pince à son beau-père qui l'aida à se relever, puis elle se cala sur le nez une paire de lunettes trian-gulaires.

— Enfants Baudelaire, déclara le capitaine, je vous présente Fiona, ma belle-fille. Fiona, je te présente Violette, Klaus et Prunille Baudelaire.

— Enchantée, dit Fiona, tendant une main gantée à Violette, puis à Klaus, et enfin à Prunille, qui répondit d'un sourire à belles dents. Désolée de n'être pas montée là-haut vous accueillir, j'étais en train d'essayer de réparer notre téléscripteur. L'ennui, c'est que je n'ai rien d'une grande spécialiste...

— Aye ! renchérit le capitaine. Depuis quelque temps, plus moyen de recevoir de dépêches, et manifestement Fiona ne comprend rien à ce diable d'engin ! Allez, Violette, au boulot !

Fiona enlaça le capitaine d'un bras affectueux.

— Il ne faut pas en vouloir à mon beau-père, dit-elle, c'est sa façon de parler. Au début, on a un peu de mal, mais à la longue on s'y fait.

— À la longue? se récria le capitaine. À la longue, il n'en est pas question! Pas le temps de se faire à quoi que ce soit! Pas le temps d'être passif! Celui qui hésite est perdu!

— *Ou celle*, rappela Fiona d'un ton tranquille. Viens par ici, Violette, que je te passe un uniforme. Et si vous vous demandez qui est là-dessus, vous trois, c'est Herman Melville.

— Un de mes auteurs favoris, dit Klaus. J'adore la façon dont il met en scène la rude condition des humbles – matelots, jeunes gens exploités – au travers d'une écriture déroutante, philosophique et souvent expérimentale.

— Je m'en doutais que tu devais l'aimer, commenta Fiona. Le jour où la maison d'Agrippine a fait le plongeon dans le lac, mon beau-père et moi avons réussi à sauver une partie de sa bibliothèque avant qu'elle ne se change en soupe. J'ai lu quelques-unes de tes notes de décodage, Klaus. Et je me suis dit: Tiens, tiens! voilà quelqu'un qui a du flair.

— Merci, bredouilla Klaus, c'est gentil de dire ça.

— Aye! renchérit le capitaine. Et quelqu'un qui a du flair, c'est juste ce qu'il nous faut. (De son pas lourd, il gagna la grande table et souleva une pile de papiers.) Un certain chauffeur de taxi m'a fait parvenir en contrebande ces cartes marines, seulement voilà, je n'y comprends goutte ! Elles sont compliquées ! Elles sont confuses ! Elles sont contournées ! Elles sont contondantes ! Non – ce n'est pas ce que je veux dire !

— Je crois que vous voulez dire «confondantes», proposa poliment Klaus tout en se penchant sur les cartes. *Confondant* signifie «troublant, déconcertant», alors que *contondant*, c'est «qui blesse et meurtrit sans couper ni percer»... C'est quoi, comme genre de cartes ?

— Des cartes de marées, répondit le capitaine. Il nous faut déterminer – au cheveu près – les mouvements des courants de marées à l'embouchure de la Frappée, là où elle se jette dans la mer. Allez hop, Klaus ! En uniforme et au travail ! Aye !

— Aye ! répondit Klaus, décidé à se mettre au diapason du *Queequeg*.

— Aye ! lui fit écho le capitaine dans un rugissement joyeux.

— Aï ? fit Prunille ; autrement dit : «Et moi, je fais quoi ?»

— Aye ! répondit le capitaine. Je ne t'oublie pas, Prunille ! Pas de danger que je t'oublie ! Quand bien même je vivrais mille ans ! Non point que j'espère vivre si longtemps ! Aye ! D'ailleurs, je ne prends pas assez d'exercice ! Mais j'ai horreur de l'exercice, aye, donc ça vaut le coup ! Bon sang, je me souviens de ce jour où on ne voulait pas me laisser escalader une montagne, sous prétexte que je ne m'étais pas entraîné comme il faut, et...

— Tu devrais peut-être d'abord expliquer à Prunille ce que tu attends d'elle, suggéra Fiona gentiment.

— Mais bien sûr ! se récria le capitaine. Naturellement ! Notre second membre d'équipage s'est chargé de la cuisine jusqu'ici, mais son répertoire de recettes tourne en rond : des matelotes, des matelotes, encore et toujours des matelotes ! J'en ai soupé des matelotes ! J'en ai jusque-là des matelotes ! Je ne peux plus les voir, les matelotes ! Aye ! Prunille, je compte sur tes talents culinaires pour améliorer notre ordinaire !

— Marmiton, dit Prunille, modeste ; autrement dit : «Il n'y a pas très longtemps que je sais tenir une cuillère en bois», ce que ses aînés s'empressèrent de traduire.

— Tant pis ! Il y a urgence ! décréta le capitaine, se dirigeant d'un pas résolu vers une porte indiquant : CUISINE. Pas question d'attendre que Prunille décroche sa cinquième étoile ! Celui ou celle qui hésite est perdu ! (Il ouvrit, passa la tête par l'entrebâillement.) Cuistot ? Viens par ici, un peu, que je te présente les Baudelaire.

Il y eut un bruit de claudication, comme si le cuistot avait un problème à une jambe, puis un homme apparut, boitillant, dans l'uniforme du bord. Il ouvrit grand les bras, rayonnant.

— Enfants Baudelaire ! J'en étais sûr, que nos chemins se croiseraient de nouveau un jour !

Les trois enfants échangèrent des regard ébahis, mot signifiant ici «éberlués de revoir quelqu'un dont ils étaient sans nouvelles depuis leur bref séjour à la scierie Fleurbon-Laubaine, où la gentillesse de cette personne avait été l'une des rares notes heureuses dans ce sinistre épisode de leurs jeunes vies».

— Phil ! s'écria Violette. Mais comment...

— Il est le second de notre équipage ! coupa le capitaine. Le second de notre équipage minimal ! Avant lui, nous avons eu d'abord la mère de Fiona, mais elle a perdu la vie dans un accident voilà pas mal d'années – un lamentable accident avec un lamantin...

— Ce n'était pas un accident, dit Fiona.

— Ensuite, nous avons eu Jacques ! poursuivit le capitaine. Aye ! Et ensuite, le frère de Jacques, je ne sais plus son nom, puis une horrible bonne femme qui s'est révélée être une espionne, et maintenant nous avons Phil ! Phil, que je préfère appeler Cuistot, ne me demandez pas pourquoi !

— J'en avais assez de travailler dans la filière bois, expliqua Phil aux enfants. J'étais sûr de pouvoir trouver mieux comme boulot – et voyez ça : cuistot sur un sous-marin ! Un sous-marin pas bien reluisant, mais quand même ! Il n'y a pas à dire, ma carrière progresse.

— Vous avez toujours été un optimiste, dit Klaus.

— Un optimiste ! se récria le capitaine. Qui a besoin d'un optimiste ? C'est un cuisinier qu'il nous faut ! À vos postes, enfants Baudelaire ! Tous les trois ! Aye ! Pas une minute à perdre ! Pas une seconde à perdre. Celui qui hésite est perdu !

— *Ou celle*, rappela Fiona. Mais, beau-papa... faut-il absolument nous mettre au boulot là, maintenant ? Les Baudelaire doivent être épuisés. Nous pourrions nous offrir une petite soirée tranquille, jouer au...

— Jouer ? l'interrompit le capitaine, les sourcils en émoi. Nous distraire ? Nous amuser ? Franchement, tu crois que c'est le moment ? Aye ! On est samedi, aujourd'hui ! Autrement dit : plus que cinq jours ! Aye ! Jeudi, grande réunion S.N.P.V. ! Tu voudrais peut-être qu'il soit dit, dans les salons de l'hôtel Dénouement, que le *Queequeg* a failli à sa mission ?

— Mission ? s'informa Prunille.

— Aye, mission, confirma le capitaine. Et nous ne devons pas hésiter ! Nous devons agir ! Nous devons nous hâter ! Nous devons nous remuer !

Nous devons remuer ciel et terre ! Nous devons farfouiller ! Nous devons enquêter ! Nous devons marquer une pause casse-croûte de temps à autre ! Nous devons à tout prix retrouver ce sucrier avant que le comte Olaf ne mette la patte dessus !

CHAPITRE
III

Peut-être avez-vous déjà entendu – ou plutôt lu, et plutôt dans un album de BD – l'expression «Que le grand cric me croque!».

Nul ne sait trop quel ogre est ce grand cric invité à passer à table. Le diable en personne? Ou le *kraken* norvégien, hideux monstre marin entre dragon et pieuvre géante, repéré pour la dernière fois par un certain Jules Verne, quelque part à des milliers de lieues sous les mers? Quoi qu'il en soit, une chose est certaine: l'expression vient tout droit du langage des pirates et signifie la stupéfaction absolue, un peu comme «Que le diable m'emporte!» dans la bouche d'un terrien. Tout bien pesé, d'ailleurs, ce genre de souhait n'est pas sans risques: et s'il se voyait exaucer? Pour ma part, je n'ai pas souvenir d'avoir prononcé ces mots depuis un certain soir de pluie où il me fallait à tout prix passer pour un pirate estomaqué, mais lorsque le capitaine Virlevent eut annoncé aux enfants où se rendait le *Queequeg* et ce qu'il recherchait, Prunille jugea la circonstance idéale.

— Keulgrancricmecrok ! lança-t-elle de sa petite voix aiguë.

— Te croque ? Le grand cric ? s'effara le capitaine. Les enfants Baudelaire se seraient-ils mis à la piraterie ? Aye ! Mille sabords ! Si vos parents savaient que vous faites profession de dépouiller les honnêtes gens de leurs trés...

— Nous ne sommes pas des pirates, capitaine Virlevent, se hâta de rectifier Violette. Prunille a entendu cette expression dans un vieux film, c'est tout. Elle veut simplement dire que nous sommes très surpris.

— Surpris ? explosa le capitaine, et il se mit à faire les cent pas devant les enfants, son scaphandre crissant comme du papier de bonbon. Surpris ? Et que croyiez-vous donc ? À votre avis, c'est pour le plaisir d'une croisière que j'ai engagé le *Queequeg* dans l'estuaire de la Frappée ? Aye ? À votre avis, c'est faute d'avoir mieux à faire que j'ai pris ces risques insensés ? Aye ? À votre avis, c'est pure coïncidence si vous êtes tombés face à mon périscope ? Aye ? À votre avis, cet uniforme me grossit ? Aye ? À votre avis, des S.N.P.V. dignes de ce nom resteraient à se tourner les pouces tandis que la noirceur d'Olaf s'étend sur ce pauvre monde comme la pâte à crêpes dans la poêle ? Aye ?

— Mais alors, vous... vous nous *cherchiez* ? balbutia Klaus interloqué.

Il faillit lâcher «Que le grand cric me croque !», mais il s'en serait voulu d'ajouter aux émois de ce pauvre capitaine.

— Si nous vous cherchions ? Pardieu ! Nuit et jour ! Partout ! Aye ! Tous les trois ! Aye ! Et le sucrier ! Aye ! Et un peu de justice sur cette terre ! Aye ! Et un peu de liberté ! Aye ! Et une petite chance de rendre ce monde paisible ! Aye ! Et plus sûr ! Aye ! L'heure est grave ! Aye ! Alors au boulot et que ça saute ! Aye !

— Boussol ! avoua Prunille.

— Notre petite sœur dit qu'elle ne suit plus, traduisit Violette. Et nous non plus, j'en ai peur, capitaine. Si vous vouliez bien nous accorder une petite pause, une toute petite – juste le temps d'y voir plus clair, le temps pour vous de tout nous expliquer depuis le début...

— Une pause ? répéta le capitaine abasourdi. Je viens juste de vous expliquer que nous sommes en pleine urgence, et vous me demandez une pause ? Chère petite Violette, voyons ! Quelle est ma devise ? Aye ? Celui ou celle qui hésite est perdu. Alors, pas question de musarder ! Pas question de se laisser aller ! Aye ! Allons-y !

Les enfants échangèrent des regards atterrés. Y aller ? Ils n'avaient aucune envie d'aller où que ce fût. Aller ici, aller là, il leur semblait n'avoir rien fait d'autre depuis ce terrible jour, sur la plage, où une seule phrase avait suffi pour chambouler le monde heureux où ils avaient grandi. Ils étaient allés – sans musarder – habiter chez le comte Olaf, ils étaient allés chez des tuteurs divers et variés. Ils étaient allés – sans musarder – dans une clinique qui avait pris feu tout autour d'eux. Ils étaient allés dans l'arrière-pays, au fond du coffre de la voiture du comte Olaf. Ils étaient allés jusqu'à se déguiser en monstres pour tenter de savoir si l'un de leurs parents était encore en vie. Ils étaient allés – toujours sans musarder – jusqu'au cœur des monts Mainmorte, dans l'espoir de retrouver ce parent. Mais à présent, redescendus des hauteurs et leurs espoirs bien bas aussi, oui, à présent, tout juste rescapés des eaux de la Frappée, à bord d'un petit sous-marin croisant au fond d'un estuaire, à présent ils n'avaient plus aucune envie d'aller nulle part. Ils auraient donné cher pour musarder un peu, se laisser aller un peu, oh ! juste un peu – le temps de recevoir une réponse ou deux à ces questions qui les taraudaient depuis le début du grand chamboulement.

— Beau-papa, dit Fiona d'une voix douce, si tu mettais les machines en route, le temps que je montre aux Baudelaire nos surplus d'uniformes ?

— Hé ! protesta son beau-père, c'est moi le capitaine, ici ! Aye ! C'est moi qui distribue les ordres !
Puis il eut un haussement d'épaules et leva
les yeux. Alors les enfants, suivant son regard,
notèrent une échelle de corde plaquée le long de
la paroi. Elle menait à une petite mezzanine sur
laquelle on devinait une sorte de roue qui était sans
doute celle du gouvernail, ainsi que divers leviers
et manettes à l'aspect fort byzantin, mot signifiant
ici «d'apparence si tarabiscotée, si complexe que
même Violette Baudelaire n'aurait pas juré y voir
clair».

— Je m'ordonne de monter à cette échelle et
de lancer les machines immédiatement, reprit le
capitaine, un peu penaud.

Et, sur un dernier «Aye !», il se hissa vers les
hauteurs, laissant les enfants seuls avec Phil et
Fiona.

— Vous devez vous sentir un peu débordés,
enfants Baudelaire, compatit Phil. Ça me rappelle
ma première journée à bord du *Queequeg*. Mes
aïeux ! J'étais submergé. À côté, la scierie me
semblait un havre de tranquillité !

— Phil, dit Fiona, si tu leur offrais quelque chose
de bon à boire, pendant que je vais chercher ces
uniformes ?

— Quelque chose de bon ? murmura Phil avec
un regard anxieux en direction de la mezzanine. En

principe, tout ce qui est bon est réservé aux grandes occasions.

— Mais *c'est* une grande occasion, insista Fiona. Nous accueillons à bord trois nouveaux volontaires. Qu'est-ce qui vous ferait envie, vous trois ?

— N'importe quoi, mais sans persil, répondit Violette avec un petit frisson au souvenir d'une boisson «très tendance» servie par Esmé d'Esche-mizerre.

— Je sais, décida Phil : je vais vous apporter de la citronnade. Les matelots devraient toujours veiller à absorber beaucoup de citron. C'est excellent pour leur santé. Si vous saviez comme je suis heureux de vous revoir, les enfants ! Sans vous, à l'heure qu'il est, je ne serais sûrement pas ici. J'étais tellement horrifié, après ce qui s'était passé à la scierie, que je n'ai pas voulu y rester. Et j'ai bien fait. Depuis, voyez, ma vie n'est plus qu'une grande aventure !

— Je suis vraiment désolé de découvrir que votre jambe n'est pas tout à fait remise, dit Klaus, consterné de voir Phil boiter encore. Je ne m'étais pas rendu compte que c'était si grave.

— Oh ! le rassura Phil, je boite, mais ce n'est pas pour ça. Simplement, la semaine dernière, j'ai été mordu par un requin. On le sent passer, je peux vous le dire. D'un autre côté, c'est une chance unique. Peu de gens ont l'occasion de voir de si près pareil animal !

Et il repartit, clopin-clopant, vers la cuisine où il disparut en sifflotant.

— Il était déjà comme ça quand vous l'avez connu ? s'informa Fiona. Décidé à ne voir que le bon côté des choses ?

— Absolument, dit Violette. Jamais vu quelqu'un d'aussi optimiste. Toujours content, quoi qu'il arrive.

— Pour être franche, par moments, je trouve ça un peu agaçant, confia Fiona, et elle remonta sur son nez ses lunettes triangulaires. Bon, on va les chercher, ces uniformes ?

Les enfants Baudelaire, dociles, la suivirent hors de la grande salle et dans le boyau mal éclairé.

— Vous vous posez mille et une questions, je m'en doute bien, reprit-elle. Alors je vais essayer de vous dire tout ce que je sais. Mon beau-père jure ses grands dieux que quiconque hésite est perdu, mais ma philosophie personnelle est un peu plus nuancée.

— Oui, dit Klaus, si tu pouvais déjà nous expliquer deux ou trois choses, nous t'en serions très reconnaissants. D'abord, comment savez-vous qui nous sommes ? Pourquoi nous cherchiez-vous ? Comment avez-vous su où nous trouver ?

Fiona eut un petit soupir.

— Ça fait beaucoup de *d'abord*. Je crois que vous oubliez un détail, vous trois : c'est que vos exploits ne sont pas précisément restés secrets. Tous les jours ou quasi, il y a eu un article sur vous dans un journal à grand tirage...

— *Le petit pointilleux* ? dit Violette. J'espère que vous n'avez pas cru à ces tombereaux de mensonges qu'ils ont publiés sur nous.

— Bien sûr que non. Mais même l'article le plus abracadabrant contient toujours son grain de vérité. *Le petit pointilleux* a raconté que vous aviez commis un meurtre à la Société des noirs protégés de la volière, puis mis le feu à la clinique Heimlich et à Caligari Folies. Nous savions que vous n'aviez commis aucun de ces crimes, évidemment, mais au moins nous savions que vous étiez passés par là. Mon beau-père et moi nous sommes dit que vous aviez sans doute découvert la petite tache codée sur la carte de Madame Lulu, et que vous alliez donc vous rendre ensuite au Q. G. des monts Mainmorte.

— Vous connaissez Madame Lulu ? s'étonna Klaus. Et le truc de la tache codée ?

— Le coup de la tache, expliqua Fiona, c'est même mon beau-père qui l'avait montré à Madame Lulu, du temps de leur jeunesse à tous deux, voilà un bail. Bref, nous avons appris que le Q. G. avait été réduit en cendres, et nous en avons déduit que vous alliez redescendre des montagnes. Alors, j'ai dit : Cap sur l'estuaire de la Frappée, en avant toutes !

— Vous êtes venus ici, dit Klaus impressionné, rien que pour nous retrouver ?

Fiona baissa les yeux.

— Pas *rien que* pour vous, avoua-t-elle. D'après le dernier Semainier des potins validés – enfin, le dernier qui nous soit parvenu –, le sucrier aussi se trouverait dans les parages.

— Mènier ? s'enquit Prunille.

— Un semainier des potins validés, c'est quoi au juste ? traduisit Violette.

— Une façon de partager l'info, répondit Fiona. Les volontaires ont beaucoup de mal à se réunir, mais sitôt que l'un d'eux déniche un renseignement utile à tous, il le transmet aux autres en envoyant une dépêche par télex. De cette manière, l'info circule, et avant longtemps, tous nos calepins seront bourrés de données précieuses – de quoi battre nos adversaires à plate couture. Un calepin, c'est...

— Un bloc-notes comme celui-ci, acheva Klaus, tirant de sa poche son gros carnet bleu nuit. Il n'y a pas très longtemps que j'ai commencé le mien.

— J'aurais dû m'en douter, dit Fiona, les yeux rieurs derrière ses lunettes, avec une pichenette sur le calepin de Klaus. Si tes sœurs en veulent un aussi, je crois qu'il nous en reste à la réserve.

— Et maintenant, s'informa Violette, nous allons remonter jusqu'aux ruines du Q. G., à la recherche du sucrier, c'est ça ?

— Non. Le sucrier, à ce qu'il semblerait, quel-qu'un l'a jeté dehors par la grande baie de la cuisine au tout début de l'incendie. Si c'est vrai, il a dû plonger dans la Frappée et être emporté par le courant. Nous le cherchions dans ce fond d'estuaire quand nous sommes tombés sur vous.

Klaus se fit songeur.

— Vu la force du courant, je dirais qu'il a été emporté plus loin.

— C'est aussi mon avis, dit Fiona. Et ce que j'espère, c'est que tu vas pouvoir calculer où il a été entraîné, au juste, en t'aidant des cartes de courants et des tableaux de marées. Pour moi, tout ça, c'est du chinois.

— Je te montrerai comment ça se déchiffre, promit Klaus. Tu verras, ça n'a rien de sorcier.

— C'est un peu ce qui m'inquiète, dit Fiona. Si vraiment ça n'a rien de sorcier, Olaf est bien fichu de retrouver ce sucrier avant nous. D'après mon beau-père, si le sucrier tombe entre ses mains, alors tous les efforts de tous les volontaires de tous les temps auront été vains.

Le trio Baudelaire hocha gravement la tête et les quatre enfants reprirent leur cheminement en silence.

Vain. Curieux qu'un si petit mot puisse condenser tant de déception ! Vain. Il est d'autres façons, bien sûr, d'exprimer exactement la même chose : inutile ;

infructueux ; sans effet ; pour des prunes ; pour le roi de Prusse ; pour des cacahuètes ; pour des queues de cerise – sans parler de tombé à l'eau, dans le lac, dans les choux, tourné en eau de boudin. Et cependant rien d'autre, peut-être, n'a la force de ce mot si bref, son tranchant de couperet. Vain.

Mais quels que soient les mots pour le dire, l'échec est toujours difficile à admettre. Cet après-midi même, par exemple, je vais pénétrer dans une salle ensablée et, si je n'y retrouve pas l'éprouvette que je cherche, j'aurai du mal à accepter l'idée d'avoir remué tant de sable en vain. De même, si vous vous entêtez à lire ce récit jusqu'à la fin, vous aurez du mal à accepter, entre deux sanglots convulsifs, d'avoir lu tant de pages en vain, quand vous auriez si bien pu lire cette douce berceuse qu'est la description du cycle de l'eau. Et les enfants Baudelaire ne voulaient surtout pas se voir obligés d'admettre que tous leurs efforts avaient été vains, toutes leurs misères pour des prunes, toutes leurs entreprises pour des queues de cerise, bref que leur vie entière se réduisait à une déception – ce qui risquait fort d'être le cas si, par malheur, le comte Olaf mettait avant eux la main sur ce sucrier fatidique. Aussi, tout en suivant Fiona le long du boyau obscur, espéraient-ils de toutes leurs forces que l'expédition à bord du *Queequeg* ne s'achèverait pas, comme tant

d'expéditions précédentes, en immense désen-
chantement, désillusion, désespoir.

Pour l'heure, l'expédition le long du boyau
s'achevait sur une petite porte close. Fiona se
retourna vers le trio.

— Voilà. Toutes nos fournitures sont là-dedans.
Nous allons vous trouver trois uniformes, pas de
problème. Le seul ennui, c'est que même la plus
petite taille risque d'être un peu grande pour
Prunille.

— Rèyur, la rassura Prunille; autrement dit:
«Pas grave; les vêtements trop grands, j'ai l'habitude.» Ce que ses aînés traduisirent aussitôt.

— Il va vous falloir aussi des casques de
scaphandre. Ce sous-marin n'est pas une jeunesse,
à tout moment, il risque de prendre l'eau. Une
fuite, c'est vite arrivé. En cas de fissure sérieuse,
pas sûr que les parois résisteraient. Alors ce boyau
et toutes les salles se changeraient en aquarium,
et c'est là que les casques deviendraient précieux.
Leurs systèmes à oxygène nous permettraient de
respirer – pour un temps, du moins.

— D'après ton beau-père, dit Violette, ces
casques sont trop grands pour Prunille, il faudrait
qu'elle se recroqueville à l'intérieur de l'un d'eux.
C'est sans danger, au moins?

— Sans danger, absolument. Confortable, c'est
moins certain. Comme tout le reste à bord du

Queequeg. Il n'y a pas si longtemps, pourtant, ce sous-marin était fringant. Nickel de la proue à la poupe. Mais maintenant, malheureusement, sans personne à bord qui soit doué en mécanique, tout part à la dérive. Il commence à y avoir des infiltrations partout. Pour dormir au sec, il faut accepter d'être un peu à l'étroit. Vous n'avez rien contre les couchettes superposées, j'espère?

— On a connu pire, dit Klaus.

— C'est ce que j'ai cru comprendre. J'ai lu une description de la Bicoque aux orphelins, au collège Prufrock. Comme quatre étoiles, on fait mieux.

— Mais vous savez tout sur nous! s'écria Violette. Comment se fait-il que vous ne nous ayez pas trouvés plus tôt?

— Nous savions, oui. Tous les jours ou presque, le journal publiait des horreurs. Mais mon beau-père disait que nous ne pouvions rien contre ce tissu de mensonges.

— Et pourquoi? voulut savoir Klaus.

— Il disait que nos ennuis étaient bien trop colossaux.

— Comment ça? demanda Violette. Je ne comprends pas.

— Moi non plus, pas vraiment, avoua Fiona. Mon beau-père dit toujours qu'en ce bas monde, la perfidie est titanesque, cyclopéenne, tentaculaire. Que le mieux que nous puissions faire est un petit geste, un tout petit geste noble et généreux. Voilà pourquoi nous recherchons le sucrier. On pourrait croire qu'une tâche aussi modeste soit un jeu d'enfant, mais ça fait une éternité que nous cherchons et nous n'avons toujours rien trouvé.

— Mais qu'est-ce qu'il a de si capital, ce sucrier ? hasarda Klaus.

Fiona soupira de nouveau et battit des cils derrière ses verres en triangle, la mine si triste que Klaus en regretta presque d'avoir posé la question.

— Je n'en sais rien, murmura-t-elle. Il n'a jamais voulu me le dire.

— Kouapâ ? s'enquit Prunille.

— Il dit qu'il vaut mieux que je l'ignore. C'est un très lourd secret, je crois. Très très lourd. Des gens ont perdu la vie, d'après lui, pour avoir détenu des secrets de ce poids-là. Il dit qu'il ne veut pas me mettre en danger de la sorte.

— Mais en danger, tu l'es déjà, fit observer Klaus. Et nous aussi. Pas très sain de se balader à bord d'un sous-marin déglingué, en quête d'un objet crucial sur lequel un truand prêt à tout cherche à faire main basse le premier...

Fiona déverrouilla la porte, qui s'ouvrit sans hâte avec un miaulement de fauve. La pièce était exiguë, vaguement éclairée d'une lumière verdâtre, et les enfants Baudelaire eurent un choc – qui donc étaient ces gens postés là, qui les regardaient entrer sans un mot ? Puis ils comprirent : ils avaient devant eux un alignement de scaphandres, qui pendaient mollement à des patères tout le long de la cloison.

— En danger, oui, reconnut Fiona. Mais je crois qu'il en est de pires. Des dangers que nous ne pouvons même pas imaginer. Bon, je vous laisse vous changer, acheva-t-elle, et elle s'éclipsa comme une crevette.

Violette, Klaus et Prunille la regardèrent disparaître puis se tournèrent à nouveau vers le rang d'uniformes vaguement fantomatiques qui leur faisaient face en serrant les coudes. Juste au-dessus, sur une étagère, s'alignaient d'énormes casques de scaphandre, sphères de métal équipées de hublots pour voir au travers. Dans cette lueur verdâtre, on aurait dit des yeux, d'énormes yeux féroces braqués sur le trio Baudelaire à la façon de l'œil tatoué sur la cheville du comte Olaf et tant de fois braqué sur eux.

À nouveau, le trio se tut, comme on se tait d'instinct quand on n'est pas rassuré. Or la situation n'était guère rassurante. Pour commencer, la vision de ces pendus n'avait rien de réconfortant. Pas plus que n'était réconfortante la pensée qu'à tout moment le *Queequeg* pouvait prendre l'eau, ni celle de devoir, en catastrophe, se visser l'un de ces casques sur la tête – ou, dans le cas de Prunille, s'y ratatiner tout entière. Il n'était pas réconfortant non plus de repenser au comte Olaf, ni de se demander où il pouvait être à cette heure ou ce qui risquait d'arriver s'il repérait ce sucrier le premier. Mais moins réconfortante encore était l'idée de ces dangers que Fiona venait d'évoquer – des dangers sans nom, pires encore que tous ceux que les enfants avaient affrontés jusqu'alors, des dangers que tout simplement ils ne pouvaient imaginer.

CHAPITRE
IV

L'expression «aller comme un gant» est un peu étrange, quand on y pense. Des gants, il en existe de toutes sortes, et seuls quelques-uns vous vont dans telle ou telle situation. Par exemple, s'il gèle à pierre fendre, de bons gants fourrés valent mieux que la jolie paire en chevreau achetée pour faire votre demande en mariage. Ou encore, si vous devez vous introduire nuitamment dans un restaurant chinois pour y voler une paire de baguettes, les gants de jongleur ornés de clochettes sont fortement déconseillés. Enfin, si je devais me faire opérer, j'aimerais autant voir le chirurgien enfiler des gants de latex plutôt qu'une paire de gants de boxe.

Quoi qu'il en soit, l'expression «aller comme un gant» signifie simplement «convenir à merveille», exactement comme un clafoutis convient à merveille pour un dessert ou comme une paire de baguettes chinoises convient à merveille pour extraire subrepticement des papiers importants d'un porte-documents entrouvert. Et, lorsque les enfants Baudelaire enfilèrent leurs uniformes de membre d'équipage à bord du *Queequeg*, ils découvrirent que ceux-ci, quoique absolument pas à leur taille, leur allaient en fait comme des gants.

Violette était si enchantée de la présence de mousquetons à la ceinture, parfaits pour y accrocher des outils, que peu lui importaient ces manches trop larges qui pendouillaient de partout. Klaus était si enchanté de disposer d'une poche étanche pour son calepin que peu lui importait d'avoir les pieds à l'étroit dans ses bottes. Et Prunille était si enchantée de ce matériau façon peau d'anguille, assurément insensible aux éclaboussures culinaires, que peu lui importait de devoir rouler le bas de son pantalon presque jusqu'à la taille pour pouvoir marcher. Mais ces détails heureux, pour les orphelins, n'étaient pas les seules raisons de se sentir bien dans ces uniformes. Plus encore il y avait ce que ces tenues représentaient. Longtemps les trois enfants avaient eu l'impression que leur vie n'était qu'un vieux Frisbee cabossé qui passait de main en main, lancé

ici, rejeté là, sans jamais trouver sa place. Et voilà
que, pour une fois, remontant jusqu'au menton leur
fermeture à glissière et lissant sur leur estomac le
portrait d'Herman Melville, ils avaient l'impression
que le Frisbee de leur vie s'était peut-être, comme
par miracle, décabossé enfin. Dans l'uniforme du
Queequeg, il leur semblait faire partie d'un groupe
– non pas d'une famille, pas vraiment, mais d'un
ensemble d'individus qui s'étaient tous portés volontaires pour une même et noble mission. L'idée que
leurs talents d'inventeur, de chercheur, de cordon-
bleu allaient enfin être appréciés à leur juste valeur
les emplissait d'une intense satisfaction et, en cet
instant magique, tandis qu'ils s'admiraient mutuellement dans leurs scaphandres presque neufs, ce
sentiment oublié leur allait comme un gant.

— On retourne dans la grande salle ? suggéra
Violette. Je me sens d'attaque pour jeter un coup
d'œil à ce téléscripteur.

— Le temps de desserrer ces boucles de bottes,
dit Klaus, et je suis prêt à me pencher sur ces cartes
marines.

— Culi... commença Prunille, autrement dit : «Il
me tarde d'aller voir ce que contiennent ces plac...»,
mais elle fut coupée net par un odieux crissement
au-dessus de leurs têtes.

Le sous-marin entier fut pris de tremblements,
et deux ou trois gouttes d'eau se détachèrent du

plafond pour aller choir, glaciales, dans le cou des enfants.

— Hé ! qu'est-ce qui se passe ? s'écria Violette, s'emparant d'un casque. Le *Queequeg* a-t-il une fuite ?

— Aucune idée, dit Klaus, saisissant un casque pour lui, un autre pour Prunille. Allons voir.

Les trois enfants se ruèrent le long de l'étroit boyau, l'affreux crissement en fond sonore. Si vous avez déjà entendu des ongles crisser sur un tableau noir, vous savez combien ce genre de son a de quoi vous faire grincer des dents, et il semblait aux trois enfants que des ongles de géant venaient de prendre le sous-marin pour du matériel scolaire.

— Capitaine ! hurla Violette par-dessus le vacarme, en s'engouffrant dans la grande salle. Capitaine Virlevent ! C'est quoi, ce bruit ?

— Ce damné système de direction a encore fait des siennes ! répondit le capitaine depuis la mezzanine, ses mains gantées crispées sur la barre. Aye ! Le *Queequeg* vient de se frotter contre un banc de rochers le long de la rive ! Heureusement, j'ai réussi à redresser la situation, aye ! Sans quoi le *Queequeg* frugal et son équipage minimal seraient bons pour aller dormir avec les poissons !

— Il vaudrait peut-être mieux que j'examine d'abord ce système de direction, alors ? suggéra Violette. Et ensuite seulement le téléscripteur ?

— Naviguer sans recevoir le Semainier ? rugit le capitaine. Jamais de la vie ! Autant nous balader les yeux bandés ! Aye ! Non, il faut absolument retrouver le sucrier avant Olaf ! Notre sécurité personnelle compte trois fois moins ! Aye ! Alors activez le mouvement ! Aye ! Fini de flâner ! Aye ! Prenez un verre d'eau si vous avez soif ! Aye ! Celui ou celle qui hésite est perdu !

Violette se retint de faire observer que le sucrier ne serait jamais retrouvé si le sous-marin se perdait corps et biens, expression signifiant ici «s'il allait par le fond avec son équipage». Mais sans doute valait-il mieux ne pas mettre en question la philosophie personnelle du capitaine.

— Le téléscripteur en premier, alors, dit Violette, se dirigeant résolument vers la petite plate-forme à roulettes. Tu permets que je t'emprunte ceci, Fiona ? Le temps de jeter un coup d'œil à l'engin ? Ça vaut la peine d'essayer.

— Fais comme chez toi, répondit Fiona. Pendant ce temps, Klaus, si tu veux bien, allons examiner ces cartes. Je propose qu'on s'installe sur la grande table. Ça nous permettra de garder un œil côté hublot, au cas où on apercevrait le sucrier. Je n'y crois pas trop, mais sait-on jamais ?

— Euh... hasarda Violette. Vous pourriez aussi garder l'œil ouvert au cas où vous apercevriez

Quigley? Il a été emporté par l'autre bras de la Frappée et nous ne l'avons plus revu.

— Quigley Beauxdraps? Le cartographe?

— C'est un ami à nous, répondit Klaus. Tu le connais?

— De réputation seulement, avoua Fiona; ce qui signifiait: «Pas personnellement, mais j'ai entendu parler de ses travaux.» Voilà déjà pas mal de temps que les volontaires l'ont perdu de vue, ainsi d'ailleurs qu'Hector et les deux autres triplés Beauxdraps.

— Les Beauxdraps n'ont pas eu notre chance, dit Violette, attachant ses cheveux d'un ruban afin de mieux se concentrer sur l'appareil à ausculter. Ce serait bien si vous pouviez le repérer.

— Ça vaut la peine d'essayer, dit Fiona.

Au même instant, Phil sortit de la cuisine, un tablier blanc noué par-dessus son uniforme.

— Prunille? dit-il. Si j'ai bien compris, tu vas me donner un coup de main aux fourneaux, c'est ça? Le problème, c'est que nos réserves sont bien bas, hélas! Grâce aux filets du *Queequeg*, j'ai pêché un peu de morue et il nous reste un demi-sac de patates, mais c'est à peu près tout. Aurais-tu une idée de ce que nous pourrions faire avec ça pour dîner?

— Chaudrée? suggéra Prunille.

— Ça vaut la peine d'essayer, dit Phil.

Et, durant les heures qui suivirent, les trois enfants et leurs coéquipiers se donnèrent la peine d'essayer.

Violette, sur sa plate-forme à roulettes, se propulsa par-dessous les tubulures afin d'aller examiner les entrailles du téléscripteur, et là, les sourcils froncés, elle désentortilla quelques fils et resserra quelques vis à l'aide du tournevis qui traînait à portée de main. Klaus se pencha avec Fiona sur les cartes de courants marins et traça au crayon d'hypothétiques parcours du sucrier errant, emporté par le courant le long du cycle de l'eau. Et Prunille, perchée sur une marmite à l'envers afin d'être à bonne hauteur, s'affaira à la cuisine avec Phil, attentive à éplucher les pommes de terre très, très fin, puis à retirer de la morue les arêtes les plus ténues. Et, tandis que l'après-midi laissait place à la soirée, tandis que les eaux de la Frappée se faisaient plus sombres encore derrière le hublot de bâbord, le silence régna en maître sur la grande salle du sous-marin et sur la cuisine attenante.

Pourtant, lorsque le capitaine Virlevent redescendit l'échelle de corde, lorsqu'il tira de sa poche une clochette de cuivre poli et qu'il la fit carillonner à tous les échos de la grande salle, les enfants n'auraient pas juré qu'essayer en valait la peine, finalement.

— Raaassemblement ! lança le capitaine d'une voix de stentor. Aye ! Que chaque membre de l'équipage me fasse un rapport détaillé sur l'état d'avancement de ses travaux ! Aye ! Rassemblement autour de la table et que chacun me dise où il en est !

D'un vigoureux coup de roulettes, Violette s'extirpa de dessous le téléscripteur pour rejoindre à la table son frère et Fiona, tandis que Phil et Prunille émergeaient de la cuisine.

— C'est moi qui passe au rapport le premier ! annonça le capitaine. Aye ! Parce que je suis le maître à bord ! Pas pour faire l'important ! Aye ! J'essaie de ne pas trop faire l'important ! Aye ! Parce que c'est mal élevé ! Aye ! J'ai réussi à nous faire descendre tout le restant de l'estuaire sans racler aucun autre rocher ni haut-fond ! Aye ! Ce qui n'est pas rien ! Aye ! Et nous venons d'atteindre la mer ! Aye ! À présent, ce devrait être plus facile de ne pas nous cogner partout ! Aye ! Et toi, Violette, où en es-tu ?

— Euh, j'ai révisé le téléscripteur à fond, répondit Violette. J'ai remis en état deux ou trois petites choses, mais à vrai dire, je n'ai rien trouvé qui puisse nuire à la réception d'une dépêche.

— Tu entends par là que l'appareil n'était pas hors service, aye ? s'enquit le capitaine.

— Aye ! répondit Violette, qui commençait à se familiariser avec sa façon de s'exprimer. À mon avis, le problème se situe plutôt à l'autre bout.

— Procto ? demanda Prunille ; en d'autres mots :
«L'autre bout ?»

— Oui. La communication par télex suppose le
bon fonctionnement de deux appareils : celui qui
envoie le message, celui qui le reçoit. Selon moi,
si vous n'avez pas reçu de Semainier des nouveaux
potins validés depuis un certain temps, c'est que
celui qui les envoie a des problèmes avec son
engin.

— Mais nous recevons des messages de quantité
de volontaires ! répliqua Fiona.

— Aye ! confirma le capitaine. Nous recevons
des dépêches de deux douzaines de correspondants
au moins !

— Dans ce cas, dit Violette, c'est que deux
douzaines de machines au moins sont en panne.

— Sabotage, diagnostiqua Klaus.

— Ça pourrait bien ne pas être un pur hasard,
confirma Violette. Vous vous rappelez, ce télégramme que nous avions envoyé à M. Poe, depuis
cette épicerie-bazar ?

— Silencio, commenta Prunille ; autrement dit :
«Pas de réponse.»

— L'étau se resserre, marmonna le capitaine
d'un air sombre. Voilà qu'à présent l'ennemi nous
empêche de communiquer entre nous.

— Je ne vois pas comment ni quand le comte Olaf
aurait pu saboter toutes ces machines, dit Klaus.

— Sauf que ces messages sont en grande partie acheminés par câble téléphonique, fit observer Fiona. Le sabotage massif ne doit pas être si difficile.

— Et surtout, il n'y a pas qu'Olaf, rappela Violette qui revoyait en pensée les deux sinistres visiteurs au sommet du mont Augur.

— Aye ! approuva le capitaine. C'est tristement vrai. Il y a plus de vilenie en ce monde que vous ne pouvez l'imaginer. Et toi, Klaus, as-tu avancé sur ces courants de marée ?

Klaus redéplia une carte sur la table afin que chacun puisse regarder. On y voyait la Frappée serpenter depuis les montagnes, et toute une série de flèches et de notes précisant l'itinéraire exact du cours d'eau, contrarié vers son embouchure par les flux et reflux de la marée. Flèches et notes étaient tracées d'encres diverses, comme si la carte avait cheminé de main en main, chaque intéressé inscrivant à son tour le résultat de ses recherches.

— C'est bien plus compliqué que je ne pensais, avoua le jeune Baudelaire. Et pas franchement folichon. Ces cartes retracent par le menu le trajet de l'eau dans son cyc...

— Pas folichon ? s'indigna le capitaine. Nous sommes au milieu d'une crise, au milieu d'une mission de la dernière chance, et toi, tu ne songes qu'à ton bon plaisir ? Aye ? Tu voudrais peut-être nous voir *hésiter* ? Tu voudrais peut-être que, toutes affaires cessantes, je monte un spectacle de marionnettes pour que mon sous-marin ait l'heur de te plaire ?

— Je me suis mal exprimé, rectifia Klaus en hâte. Je voulais juste dire qu'il est plus facile de faire des recherches quand le sujet est passionnant.

— Aye ! On croirait entendre Fiona ! Si je lui demande de faire des recherches sur la vie d'Herman Melville, elle avance très, très lentement. Aye ! Mais pour peu qu'il soit question de champignons, elle y va tambour battant.

— Champignons ? répéta Klaus. Tu es mycologue, Fiona ?

Le visage de Fiona s'éclaira d'un grand sourire, les yeux ronds de surprise derrière ses verres en triangle.

— Bien la première fois que je rencontre quelqu'un qui connaît le mot, dit-elle. Enfin, à part moi, évidemment. Oui, depuis toujours je me passionne pour tout ce qui est champignon, moisissure et autres formes de vie fongiques. Si tu veux, je te montrerai ma bibliothèque de mycologie, quand nous aurons le temps.

— Le temps ? éclata le capitaine. Nous n'avons pas une demi-minute, pas un quart de seconde pour les livres sur les champignons ! Aye ! Et pas un dixième de seconde non plus pour vous laisser flirter, vous deux !

— On n'est pas en train de *flirter*! protesta Fiona avec véhémence. En train de discuter, c'est tout!

— Moi, j'appelle ça conter fleurette, s'entêta le capitaine.

— Si tu nous résumais ce que tu as trouvé? suggéra Violette à son frère, le sachant dix fois plus à l'aise pour parler des courants de marée que de ses sentiments privés.

Il la remercia d'un regard bref et indiqua un point sur la carte.

— Si mes calculs sont bons, dit-il, le sucrier a dû être entraîné le long du même bras de la Frappée que nous trois sur le radeau-luge. Ensuite, les courants dominants ont dû l'entraîner par là, puis par là, par là, par là (tout en parlant, il suivait le parcours du doigt), jusque par ici, à l'endroit où la Frappée se jette dans la mer.

— Donc, il serait maintenant dans la mer, dit Violette.

— À mon avis, oui. Et nous voyons ici que les courants devraient l'avoir entraîné le long de la côte Sontag en direction du nord-est.

— Papic? demanda Prunille; autrement dit: «Il n'a pas plutôt coulé droit au fond?»

— C'est un très petit objet, expliqua Klaus. Les eaux de l'océan se font brasser en permanence. Elles sont toujours, toujours en mouvement et tout objet tombé à la mer, du moment qu'il est relativement léger, peut se retrouver à des kilomètres de son point de chute. D'après la carte, le jeu des marées et des courants dans le secteur devrait avoir entraîné ce sucrier à travers l'archipel du Goulag – que vous voyez là –, puis le long de la Grande barrière de la médiocrité avant de changer de cap du côté de ce point-ci, là où il est écrit : A.A. Que signifie ce A.A., capitaine ? Le savez-vous ? On dirait une sorte d'installation flottante...

Le capitaine eut un gros soupir et, d'un index machinal, il arrondit la courbe de sa moustache.

— Aye, dit-il, attristé. A.A., c'est pour Aquacentre Amberlu ou encore Centre de recherches marines et de conseil en réthorique. Enfin, c'était. Toute l'installation a brûlé.

— Amberlu ? s'étonna Violette. C'était le nom de famille de notre tante Agrippine.

— Aye, dit le capitaine. L'Aquacentre Amberlu avait été fondé par Gregor Amberlu, le célèbre ichnologue et beau-frère d'Agrippine. Mais tout ça, c'est du passé. Aye. Et ensuite, où donc a pu aller ce sucrier ?

Les enfants Baudelaire auraient mieux aimé en apprendre davantage, et Klaus se demandait ce qu'était un ichnologue, mais sans doute valait-il mieux ne pas contrarier ce brave capitaine une fois de plus. Aussi Klaus enchaîna-t-il directement, indiquant un petit signe ovale sur la carte :

— C'est justement là que j'ai un problème. Voyez ce petit tortillon ovale, tout près de l'Aquacentre Amberlu ? Tout ce qui est écrit, c'est G.G., mais pas d'explication ni rien.

— G.G. ? répéta le capitaine, lissant sa moustache. Jamais vu de symbole de ce type sur ce genre de carte.

— Et il y a autre chose de bizarre, reprit Klaus, les yeux sur le mystérieux ovale. À l'intérieur, il y a deux flèches, et chacune pointe dans une direction différente.

— Comme si le courant allait dans deux directions à la fois, dit Fiona.

Violette fronça les sourcils.

— Ça ne tient pas debout.

— Moi aussi, dit Klaus, je trouve ça bizarre. Or justement, d'après mes calculs, le sucrier a dû passer par là. Ça, j'en suis à peu près sûr. Bon, où il a pu aller ensuite, mystère. Je donne ma langue au chat.

— À mon avis, dit Violette, on devrait mettre le cap sur ce G.G., quel qu'il s...

— C'est moi le capitaine ! coupa le capitaine. C'est moi qui distribue les ordres, ici ! Aye ! Et j'ordonne que nous mettions le cap sur cet ovale, pour voir ce qu'on pourra trouver là-bas ! Mais avant tout, j'ai faim ! Et soif ! Aye ! Et le bras qui me démange ! Aye ! Le bras, je peux me le gratter moi-même, mais pour ce qui est de trouver à boire et à manger, c'est votre affaire, Cuistot et Prunille ! Aye !

— Prunille m'a aidée à mitonner une chaudrée qui sera prête dans un instant, annonça Phil. Ses dents ont été précieuses pour couper les pommes de terre en petits dés.

— Signal ! précisa Prunille ; «N'ayez crainte, je me les étais bien lavées avant.»

— Une chaudrée ? Aye ! se réjouit le capitaine. Voilà qui me met l'eau à la bouche ! Et pour dessert ? Aye ? Le dessert est le repas le plus important de la journée ! Aye ! C'est mon avis, en tout cas ! Même si le dessert n'est pas un repas ! Aye !

— Ce soir, répondit Phil, nous n'avons pour dessert que de la gomme à mâcher. Il m'en reste encore un peu depuis mon temps à la scierie.

— Je crois que je sauterai le dessert ce soir, dit Klaus, qui avait conservé un si triste souvenir de son séjour chez Fleurbon-Laubaine qu'il pensait ne plus jamais, jamais mâcher de gomme de sa vie.

— Yomhuledet, ajouta Prunille ; autrement dit : «Rassurez-vous, pour demain soir, Phil et moi avons prévu un dessert surprise.»

Naturellement, seuls Violette et Klaus étaient en mesure de comprendre, mais ils n'eurent pas le temps de traduire que le capitaine, sautant sur ses pieds, se mit à vociférer à mi-voix.

— Aye! Bonté divine! Par le grand Bouddha!
Par Charles Darwin! Par Duke Ellington! Aye!
Fiona, coupe les machines, vite! Aye! Cuistot,
éteins les fourneaux! Aye! Violette, vérifie si le
téléscripteur est éteint! Aye! Klaus, rassemble tous
tes papiers pour que rien ne roule! Aye! Pas de
panique! Aye! Faites vite! Aye! Du calme! Aye!
Pauvres de nous!

— Qu'est-ce qui se passe donc? demanda Phil.

— Qu'est-ce que c'est, beau-papa? demanda
Fiona.

Mais le capitaine s'était tu. Du geste, il indiquait
un écran sur la paroi du sous-marin – un écran
qui ressemblait à du papier quadrillé baigné d'une
douce lumière verte, et sur lequel la lettre Q s'inscrivait au centre, fluorescente.

— On dirait un sonar, murmura Violette.

— *C'est* un sonar, confirma Fiona. Grâce à lui,
nous pouvons détecter l'approche de n'importe quel
autre bâtiment en captant les sons qu'il produit. La
lettre Q représente le *Queequeg* et...

Elle se tut net, bouche entrouverte. Les enfants
Baudelaire regardèrent dans la direction indiquée.
Venu de l'angle gauche tout en haut de l'écran, un
autre symbole lumineux se déplaçait à la vitesse
grand V, droit vers le *Queequeg*. Fiona resta muette,
et les jeunes Baudelaire n'eurent même pas à
demander à quoi correspondait ce symbole vert

fluo. C'était le dessin d'un œil, un œil braqué sur les occupants du *Queequeg*, agitant de longs cils qui lui faisaient une collerette.

— Olaf ! souffla Prunille très bas.

— Rien ne le prouve, murmura Fiona, mais mon beau-père a raison. Si c'est un autre submersible, il a lui aussi un sonar. Si le *Queequeg* n'émet plus un bruit, ils ne nous détecteront pas.

— Aye ! souffla le capitaine. Vite ! Exécution ! Celui qui hésite est perdu !

Personne ne prit la peine d'ajouter «ou celle», et chacun se hâta de mettre le sous-marin au silence. Fiona grimpa à l'échelle de corde et coupa les machines. Violette se coula sous le téléscripteur et le débrancha. Phil et Prunille se ruèrent à la cuisine pour éteindre les fourneaux, afin que les petites bulles de la chaudrée n'aillent pas faire repérer le *Queequeg*. Klaus et le capitaine débarrassèrent la table encombrée de cartes afin d'éviter tout bruissement de papier. Deux minutes plus tard, le sous-marin était plus muet qu'un caveau, et son équipage au complet, planté autour de la table, bouche cousue, scrutait l'eau glauque derrière le hublot.

Et tandis que, sur l'écran, l'œil fluorescent continuait de foncer droit vers la lettre *Q*, une forme apparut dans les eaux sombres – une forme étrange qui se précisait à mesure qu'elle se rapprochait du *Queequeg*. Il s'agissait bel et bien d'un autre submersible, mais d'un submersible comme jamais les enfants Baudelaire n'en avaient vu, pas même dans le plus farfelu des livres. Il était beaucoup, beaucoup plus gros que le *Queequeg* et, lorsqu'il fut assez proche pour fournir une image presque nette, les enfants mirent les mains sur leur bouche pour s'interdire d'émettre un son.

Le submersible qui fondait sur eux était en forme de pieuvre, une pieuvre titanesque ayant pour tête un dôme d'acier avec deux immenses hublots en guise d'yeux. Une vraie pieuvre, comme chacun sait, est équipée de huit tentacules, mais ce monstre en avait plus encore. Ce qui avait ressemblé, sur l'écran, à des cils bordant un œil se révélait être une profusion de tubes métalliques qui sortaient du corps du monstre et brassaient l'eau alentour, dégageant des milliers de petites bulles affolées. La pieuvre géante se rapprocha encore et les six occupants du *Queequeg* se figèrent comme des statues, priant le ciel de n'avoir pas été repérés. L'étrange bâtiment était à présent si proche qu'on devinait une silhouette en ombre chinoise derrière l'un des yeux géants – une longue forme humaine efflanquée dont les enfants Baudelaire savaient, sans même discerner les détails, qu'elle avait les sourcils soudés en un seul, les ongles d'un jaune repoussant et un œil tatoué sur la cheville gauche.

— Contolaf, souffla Prunille malgré elle.

La silhouette parut tressaillir, à croire que cet infime chuchotis lui avait fait détecter le *Queequeg*. Crachouillant un regain de bulles, la pieuvre d'acier s'approcha plus encore. D'un instant à l'autre, semblait-il, l'un de ses faux tentacules allait grincer contre la coque du *Queequeg*. Violette, Klaus et Prunille baissèrent les yeux vers leurs casques restés à terre et s'interrogèrent avec fièvre : fallait-il s'en coiffer, pour survivre en cas de naufrage ? Fiona saisit le bras de son beau-père, mais le capitaine Virlevent hocha la tête en silence et désigna de nouveau l'écran. L'œil et le *Queequeg* s'y superposaient presque – mais ce n'était pas ce qu'indiquait le capitaine.

Une troisième forme venait d'apparaître dans la luminescence verte, une forme plus grande encore, sorte d'immense tuyau incurvé avec un petit cercle à une extrémité, et qui sinuait vers le centre de l'écran à la façon d'une anguille. Mais ce troisième submersible n'était pas une anguille, même géante. À mesure qu'il serpentait en direction du *Queequeg* et de son équipage tétanisé, il semblait prendre plutôt la forme d'un point d'interrogation. Et les enfants Baudelaire, hypnotisés par cette apparition qui fondait à son tour sur eux dans un silence irréel, se demandaient si pour finir ils n'allaient pas se faire happer par les interrogations mêmes auxquelles ils avaient cherché des réponses.

Mais brusquement le capitaine désigna le hublot sans un mot et les enfants virent la pieuvre géante se figer, comme si elle aussi avait détecté l'arrivant. Puis ses tentacules se remirent en mouvement avec plus de fièvre encore, et elle entreprit de faire machine arrière, expression signifiant ici «disparut du hublot comme si elle venait de s'aviser, soudain, qu'il avait une urgence ailleurs». Et lorsque les enfants, à nouveau, se tournèrent vers l'écran, ils virent le point d'interrogation prendre en chasse l'œil à longs cils et ils suivirent des yeux les deux formes jusqu'à leur disparition complète du champ de détection du sonar.

Le *Queequeg* se retrouva seul. Les six passagers attendirent une bonne minute encore, puis ils poussèrent un long soupir de soulagement.

— Il est parti, murmura Violette. Le comte Olaf ne nous a pas repérés.

— Je le savais, que nous ne risquions rien, assura Phil, incorrigible. Si ça se trouve, d'ailleurs, Olaf est dans un bon jour.

Les enfants ne prirent pas la peine d'expliquer qu'Olaf n'était dans un bon jour que lorsqu'un de ses plans diaboliques se voyait couronné de succès, ou lorsqu'il se croyait sur le point d'empocher l'immense fortune laissée par les parents Baudelaire.

— C'était Olaf, cette pieuvre, n'est-ce pas, beaupapa ? dit Fiona. Pourquoi est-il parti comme ça ?

— Et la forme allongée, c'était quoi ? demanda Violette.

Le capitaine hocha la tête.

— Quelque chose de mauvais, dit-il. Très mauvais. Pire encore qu'Olaf, j'en ai peur. Je vous l'ai dit, les enfants. Il existe en ce monde plus de mal que vous ne sauriez l'imaginer.

— Nous n'avons pas besoin de l'imaginer, dit Klaus. Nous l'avons vu là, sur l'écran.

— Cet écran n'est rien, reprit le capitaine. Ce n'est qu'une pièce d'équipement, aye ? Un philosophe l'a dit un jour, la vie n'est autre chose que des ombres qui s'agitent. D'après lui, nous autres, humains, nous sommes comme des prisonniers enchaînés au fond d'une caverne, et nous ne voyons du monde que des ombres qui dansent sur la paroi. Aye, des ombres. Les ombres de choses bien plus grandes que nous. Et ce sonar, aye, il est comme la paroi de la caverne. Il nous montre les formes de choses qui nous dépassent grandement, des choses bien plus puissantes que nous. Terrifiantes.

— Je ne comprends pas, dit Fiona.

— Je ne tiens pas à ce que tu comprennes, répondit le capitaine, lui enserrant l'épaule. C'est bien pour ça que je ne t'ai pas dit en quoi ce sucrier importe tant. Il est des secrets, en ce monde, trop horribles pour de jeunes esprits, même lorsque ces secrets se font tout proches. Aye ! Et puis d'abord, j'ai faim. Aye ! Si nous passions à table ?

Il fit tinter sa clochette à nouveau, et les enfants eurent l'impression d'émerger d'un profond sommeil.

— J'apporte la chaudrée, dit Phil. Tu me donnes un coup de main, Prunille ?

— Et moi, je relance les machines, dit Fiona, s'élançant vers l'échelle de corde. Violette, la vaisselle et les couverts sont dans le grand tiroir de gauche. Vous pourriez peut-être dresser la table, Klaus et toi ?

— Bien sûr, répondit Violette, et elle se tourna vers son frère.

Mais Klaus ne réagit pas. Les yeux sur la carte des courants marins, il semblait plongé dans un abîme de réflexion. Derrière ses lunettes, ses prunelles étincelaient, plus vives que des symboles sur un écran de sonar.

— Klaus ? l'appela Violette.

Mais au lieu de répondre, il se tourna vers le capitaine.

— J'ignore peut-être en quoi ce sucrier importe, dit-il simplement, mais ça y est, je crois savoir où il est.

CHAPITRE
V

Lorsqu'on est invité à souper, surtout chez quelqu'un qu'on connaît peu, il est sage de prévoir une petite phrase à prononcer au cas où un ange viendrait à passer, expression signifiant ici «au cas où, autour de la table, tout le monde se tairait en même temps, situation fort embarrassante

lorsque le silence se prolonge et que nul ne trouve que dire pour relancer la conversation».

Bien que, hélas! par les temps qui courent, il devienne difficile d'assister à un souper qui ne s'achève pas sur une prise de bec ou sur un pouding au tapioca, j'ai moi-même dans mon calepin une liste de ce que j'appelle des «relance-conversation», autrement dit de petites phrases susceptibles de faire fuir les anges et notées de 0 à 20. Par exemple, une question du genre «Que diriez-vous de regarder mes photos de vacances après le dîner?» vaut 0, parce qu'elle fait frémir les convives au lieu de leur délier la langue, contrairement à des phrases du style «Qu'est-ce qui peut bien pousser quelqu'un à devenir un incendiaire?», «Pourquoi tant d'histoires d'amour tournent-elles à la tragédie?» ou encore «Madame DiLustro, ça y est, je sais qui vous êtes en réalité», lesquelles ont de fortes chances de provoquer répliques et débats, sans parler d'échanges d'injures, toutes choses qui empêchent les convives de s'endormir sur leurs assiettes.

Quoi qu'il en soit, lorsque Klaus annonça qu'il pensait avoir découvert où se trouvait le sucrier, cette affirmation se révéla le plus efficace relance-conversation de toute l'histoire des dîners en société. À bord du *Queequeg*, tout le monde se mit à parler à la fois, et pourtant le repas n'était pas encore servi.

— Aye ? tonna le capitaine. Tu as découvert où les courants l'ont emmené ? Aye ? Mais tu viens juste de nous dire que tu n'en savais rien ! Tu viens juste de nous dire que tu donnais ta langue au chat, que tu n'avais aucune idée d'où il avait pu aller ensuite, ni de ce que pouvait être cet ovale marqué G.G. ! Aye ! Et maintenant, tu as résolu le problème ? Aye ! Tu es un génie, mon garçon ! Aye ! Un aigle ! Aye ! Un phénix ! Aye ! Un as ! Aye ! Si tu nous retrouves ce sucrier, je t'accorderai la main de Fiona !

— Beau-papa ! se récria Fiona, rougissante derrière ses lunettes triangulaires.

— Oh ! pas d'inquiétude, reprit le capitaine, nous trouverons un mari pour Violette, aussi ! Aye ! Peut-être retrouverons-nous ton frère perdu de vue, Fiona ! Il est plus âgé, c'est vrai, et il n'a pas reparu depuis des années, mais si Klaus est capable de localiser ce sucrier, il est sûrement capable de retrouver ton frère ! Aye ! C'est un charmant garçon, Violette, tu en tomberais sans doute amoureuse, et ainsi nous pourrions avoir un double mariage ! Aye ! Ici même, tenez, dans la grande salle du *Queequeg* ! Aye ! Et je me ferais un plaisir de vous marier moi-même ! Aye ! J'ai d'ailleurs un nœud papillon que je garde pour ce genre d'occasions.

— Capitaine Virlevent, s'il vous plaît, dit Violette, revenons-en au sucrier.

Elle ne précisa pas que le mariage l'intéressait

fort peu pour l'heure, et qu'elle aimait mieux ne pas y songer depuis que le comte Olaf avait tenté de l'épouser lors d'une précédente manigance.

— Aye ! Bien sûr ! Aye ! Naturellement ! Aye ! Dis-nous tout, Klaus ! Nous dînerons en t'écoutant. Aye ! Nous t'écouterons en dînant ! Aye ! Prunille ! Cuistot ! Servez-nous cette chaudrée !

— Voilà voilà ! répondit Phil, accourant depuis la cuisine, un grand bol fumant dans chaque main.

Derrière lui suivait Prunille, trop petite encore pour transporter des plats chauds, mais qui s'était munie d'un gros moulin à poivre, prête à en proposer à qui en voudrait.

— Par ici, le poivre ! Double tour de moulin ! se réjouit le capitaine, empoignant d'autorité l'un des deux bols de soupe épaisse, bien qu'il eût été plus poli de laisser ses invités se servir les premiers. Un bon bol de chaudrée brûlante ! Un double tour de moulin à poivre ! L'emplacement exact du sucrier ! Aye ! Ça alors ! Une baleine en sauterait de joie ! Aye ! Bon sang, je suis rudement content d'avoir croisé votre radeau, enfants Baudelaire !

— Moi aussi, j'en suis bien contente, glissa Fiona avec un petit sourire timide pour Klaus.

— Et moi donc ! renchérit Phil qui apportait deux autres bols fumants. Moi, je suis plus heureux qu'un empereur. Je croyais ne jamais vous revoir, vous trois – et yop-plop ! vous voilà. Je trouve que vous avez bien grandi, depuis la dernière fois. Et que vous avez bonne mine, aussi, pour trois petits qu'une crapule harcèle jour et nuit, et qui se font accuser des pires crimes !

— Sûr ! approuva Fiona. Vous avez dû en voir des vertes et des pas mûres.

— Oui, reconnut Klaus. Mais j'ai bien peur qu'il nous en reste à voir, tous autant que nous sommes. Quand vous avez parlé de ce philosophe, capitaine, et de ces ombres dans une caverne, tout de suite j'ai repensé à ce tortillon ovale et à ce qu'il pouvait représenter.

— Et il représenterait un philosophe ? s'écria le capitaine. Impossible ! Aye !

— Absurdio, commenta Prunille ; autrement dit : «Non, les philosophes, ça vit dans des tours d'ivoire ou tout en haut de pics escarpés, jamais au fond des mers.»

— Je crois plutôt que Klaus pense à une caverne, s'empressa d'expliquer Violette. L'ovale marquerait l'entrée d'une caverne...

— Une caverne marine, enchaîna Klaus, l'index sur la carte. Située aux environs de l'Aquacentre Amberlu. Les courants de marée ont dû entraîner le sucrier jusqu'à l'entrée, et il aura été aspiré à l'intérieur par des courants internes.

— Mais la carte n'indique que l'entrée, fit observer Violette. Elle ne montre absolument pas à quoi ressemble l'intérieur. Oh ! si seulement Quigley était là ! Il s'y connaît en cartes, lui. Il trouverait peut-être le moyen de déduire quelle forme peut avoir cette caverne.

— Mais Quigley n'est pas là, rappela Klaus d'une voix douce. Il va falloir naviguer à vue. Nous lancer en territoire inconnu. Oui, à partir de là, c'est *terra incognita*.

— Naviguer à vue ? s'enthousiasma Phil. *Terra incognita* ? Ça va être palpitant !

Les enfants s'entre-regardèrent. «Naviguer à vue», ce n'est pas seulement s'aventurer dans des eaux ignorées des cartographes. L'expression s'utilise dans tous les cas où l'on se hasarde en terre inconnue, en *terra incognita* comme disaient les Anciens, sans cartes, sans boussole ni instruments de navigation. Dans une forêt, par exemple, dont aucun explorateur n'est revenu. Ou, pour chacun de nous, dans son propre avenir, dont le contenu ne se révélera qu'en se transformant en présent. Nul besoin d'être un optimiste pour trouver palpitante l'idée de s'aventurer en terre inconnue. J'ai moi-même passé plus d'un après-midi délectable à explorer les terres inconnues d'un livre que je n'avais pas encore lu, ou le fond d'un placard que je venais d'ouvrir – mais je m'égare. Pour leur part, les enfants Baudelaire s'étaient déjà aventurés dans bien des terres inconnues, et ils avaient navigué à vue dans bien des eaux noires et insondées, celles du lac Chaudelarmes comme la fourberie d'Olaf, plus sombre et vertigineuse que la plus profonde des fosses marines. Aussi étaient-ils moins emballés que Phil à l'idée de se lancer en *terra incognita* une fois de plus.

— Ce ne sera pas la première fois que le *Queequeg* plonge dans des eaux inconnues, dit le capitaine Virlevent. Aye ! Pour dire vrai, c'est par les sous-marins de S.N.P.V. que cette zone des mers a été pour la première fois explorée.

— Mais... j'avais cru comprendre que S.N.P.V. était plutôt en rapport avec la lutte contre les incendies ? risqua Violette. Pourquoi passer son temps sous les eaux quand on combat le feu ?

— Oh ! S.N.P.V., c'est bien davantage, dit le capitaine à mi-voix, presque comme s'il se parlait à lui-même. Aye. C'est par là que tout a commencé, aye. Mais les volontaires s'intéressaient à tant de choses ! J'ai été le premier à m'engager pour le Service naval de pistage des vandales. C'était l'une de mes missions à l'Aquacentre Amberlu. Aye ! J'en ai passé, des heures et des heures à entraîner les aloses à remonter les cours d'eau et à dépister les feux de forêt. Mais les aloses n'étaient pas douées. Nous avons tout repris avec des saumons – qui se sont révélés bien plus futés. Tu étais encore toute petite, Fiona, mais ton frère travaillait avec moi. Si tu

l'avais vu rechercher des gros vers pour ses favoris !
Aye ! Et le programme a été un succès ! Modeste,
mais un succès. Aye ! Là-dessus, le Café Salmonella
a ouvert, il nous a décimé toute l'escadre ! Oh ! les
trois Snicket se sont vaillamment battus, pourtant.
Aye ! Les Trois Mousnickets, comme disent les
historiens. Aye ! Mais le poète avait raison : «Trop
de traiteurs finissent en traîtres.»

— Trois Snicket ? répéta Klaus.

— Aye ! Trois Snicket. Trois nobles âmes. Aye !
Trois cœurs braves et généreux ! Aye ! Kit Snicket a
donné un coup de main pour bâtir ce sous-marin !
Aye ! Jacques Snicket a apporté la preuve que l'incendie des Jardins Royaux était d'origine criminelle ! Aye ! Et le troisième, celui aux oui...

— Mais vous l'avez connu, vous, les Baudelaire,
Jacques Snicket, non ? intervint Fiona qui ne se
gênait pas pour couper la parole à son beau-père.

— Disons plutôt rencontré, précisa Violette.
Très brièvement. Et, l'autre jour, nous avons trouvé
un message qui lui était adressé. C'est même ainsi
que nous sommes au courant du rassemblement de
jeudi, dans le dernier lieu sûr.

— Un message pour Jacques ? s'enquit le capitaine. Qui aurait l'idée de lui écrire ? Aye ! Jacques
est mort !

— Etartsigam ! affirma Prunille, et ses aînés se
hâtèrent de traduire : «Les initiales étaient J. S.»

— Ça doit être un autre J. S., suggéra Fiona.

— À propos d'initiales, dit Klaus, j'aimerais bien savoir à quoi correspond ce G.G. Peut-être que si nous savions le nom de cette caverne marine, nous aurions une petite idée de ce qui nous y attend.

— Aye ! s'écria le capitaine Virlevent. Essayons de deviner ! Golfe géant ! Aye ! Grande galerie ! Aye ! Gorge galante ! Aye ! Glacier grandiose ! Aye ! Goulash au gingembre ! Aye ! Gouvernement gothique ! Aye ! Gingivite de grand-maman ! Aye ! Gamine galopant-on-ne-sait-où ! Aye !

Et aye ! en effet, Fiona venait de se lever de table sans prévenir et, s'essuyant la bouche à la diable avec sa serviette brodée du portrait d'Herman Melville, elle se ruait vers l'immense bahut au fond de la pièce et l'ouvrait grand sur des rayonnages bourrés de livres.

— Hier, justement, dit-elle en se hissant sur la pointe des pieds pour joindre une étagère un peu haute, je lisais l'un de mes bouquins de mycologie et... j'y ai vu un truc – ça me revient maintenant – qui pourrait bien nous renseigner.

Le capitaine leva les sourcils.

— Toi et tes moisissures variées ! Je n'aurais jamais cru qu'un jour viendrait où tes satanés champignons seraient d'une quelconque utilité !

À mon regret, je dois préciser que ce jour-là n'était pas encore arrivé, mais n'anticipons pas.

— Voyons voir, dit Fiona, ouvrant un épais volume intitulé *Secrets intimes des champignons*. C'était au sommaire – c'est tout ce que j'ai lu pour le moment – et vers le milieu, je crois...

Elle regagna la table, y déposa le volume et parcourut le sommaire en y faisant courir son doigt.

— Hmm, chapitre 36, *Levures en culture*. 37, *Comportement social des morilles*. 38, *Champignons moisis, moisissures champignonnées*. 39, *Visites de champignonnières. – Vente. Dégustation. Cueillette*. 40, *La grotte Gorgone* – nous y voilà : G.G.! Page 227.

— Grott? s'étonna Prunille.

— Oui, expliqua Klaus, ça veut dire la même chose que «caverne».

Mais déjà Fiona, fébrile, feuilletait jusqu'à la page indiquée. Là, fronçant les sourcils, elle lut à voix haute :

— «Sise à proximité de l'Aquacentre Amberlu et d'accès très malaisé en raison de sa forme de sablier, la grotte Gorgone a été fort adéquatement nommée en référence à la mythologie grecque, car elle héberge ce qui est sans doute la plus redoutable et la plus redoutée de toutes les hydres du panthéon fongique.»

— Aye! commenta le capitaine Virlevent. Je te l'avais bien dit que ce livre était trop difficile pour une fille de ton âge. Aye ! Moi-même, je ne suis pas sûr de tout saisir.

— C'est assez compliqué comme prose, reconnut Klaus. Mais je crois comprendre, au moins en gros. Apparemment, la grotte Gorgone doit son nom à un personnage de la mythologie grecque.

— Une Gorgone, dit Violette. Je me demande... Ce n'était pas une femme avec des serpents en guise de cheveux ?

— Si, et qui pouvait changer les gens en pierre, compléta Fiona.

— Elle était sans doute très gentille, assura Phil, pour peu qu'on la connaisse mieux.

— Aye ! s'écria le capitaine. Une comme ça, je crois bien, il y en avait une dans ma classe, au temps où j'allais à l'école.

— Pas sûr qu'il en ait existé en vrai, dit Klaus. Je crois plutôt que c'est une légende. En tout cas, d'après le livre, c'est une bonne idée d'avoir baptisé la grotte du nom de cette monstresse légendaire, parce qu'un genre de monstre y loge. Une espèce d'hydre, c'est bien ça, Fiona ?

— Idr ? questionna Prunille.

— Une hydre, oui, dit Klaus. C'est aussi le nom d'une petite bestiole des eaux douces, mais là, c'est plutôt la terrible bête contre laquelle combattit Hercule : une sorte d'énorme serpent au souffle empoisonné, et avec cent têtes dont chacune repoussait en double si on lui tranchait le cou. Bref, un monstre contre lequel on n'en avait jamais terminé. Un peu comme le comte Olaf.

— J'aimerais autant ne pas parler de lui, si tu permets, glissa Violette.

— Oui, mais ici, intervint Fiona, cette hydre a tout l'air d'être un champignon. «Fongique», c'est ce que ça veut dire : «relatif aux champignons». (Elle reprit sa lecture d'une voix forte.) «De la famille des amanites, la fausse golmotte médusoïde, *Amanita medusoïdes*, se caractérise par son mycélium tentaculaire et son comportement aussi versatile qu'imprévisible, lié à sa faculté singulière de croître et décroître alternativement. Après un cycle de dormance de durée variable, durant lequel le mycélium reste indécelable, survient une phase de croissance accélérée au cours de laquelle apparaissent les parties visibles du champignon, pied et chapeau, tous deux également mouchetés, et si puissamment vénéneux qu'il est heureux que la grotte Gorgone, par son inaccessibilité, joue le rôle de lazaret.»

— Là, avoua Klaus, il y a pas mal de mots que je ne comprends pas.

— Moi, ça va, dit Fiona. À part «versatile».

— *Versatile* ? (Il s'éclaira.) Ça veut dire «changeant». Ça vaut pour tout ce qui change sans prévenir, à tout bout de champ – y compris les gens.

Ceux qu'on traite de girouettes, un peu, quoi. Les gens «lunatiques», si tu préfères, sauf que la lune n'a rien à y voir, si bien que c'est encore plus imprévisible. J'ai cherché ce mot dans le dictionnaire, un jour. En latin, *versatilis* veut dire «qui tourne facilement». Ensuite, il y a eu l'«espée versatille», une épée à double tranchant. Moi, c'est le reste que je comprends mal.

— En fait, c'est assez simple, reprit Fiona. Un champignon, en gros, c'est fait de trois parties. D'abord, le chapeau, qui ressemble un peu à un parapluie. Ensuite, le pied, qui tient le parapluie dressé. Bon, ça, ce sont les parties visibles.

— Parce qu'il y a des parties invisibles? dit Violette.

— Oui, il y a le mycélium. Qui est comme du fil – des tas et des tas de filaments qui se ramifient dans le sol. Un peu comme des racines, sauf que ça n'a rien à voir avec des racines. Certains champignons ont un mycélium qui s'étend sur des kilomètres.

— Tu écris ça comment, «mycélium»? s'informa Klaus, plongeant la main dans sa poche étanche. Je note le mot dans mon calepin...

Fiona lui montra le mot sur la page.

— La fausse golmotte médusoïde croît et décroît, poursuivit-elle. Autrement dit, les chapeaux et les pieds surgissent du mycélium, grandissent à toute vitesse, puis se ratatinent pour resurgir plus tard, après un petit somme. Aucun moyen de savoir que le champignon est là, jusqu'au moment où il sort de terre sous votre nez.

Les enfants se turent un instant, le temps d'imaginer une escouade de champignons jaillissant sous leurs pieds sans prévenir, et ils se sentirent un peu flageolants.

— Pas très engageant, dit Violette.

— Attends, lui dit Fiona, reprenant sa lecture. Écoute la suite. «La fausse golmotte médusoïde, ou amanite médusoïde, est d'une rare toxicité. Comme l'a fait observer le poète : *"En une heure, une spore est assez / Pour faire de vous un trépassé."*» Une spore, c'est un peu comme une graine – enfin, approximativement. Si elle trouve l'endroit à sa guise, elle germe et forme un nouveau mycélium. Et si quelqu'un l'avale, ou même seulement l'inhale – autrement dit, la respire –, il a toutes les chances d'y laisser sa peau.

— En une heure ? dit Klaus. Bigre ! C'est un poison qui agit vite.

— La plupart des toxines de champignon ont leur antidote, dit Fiona. Leur contrepoison, autrement dit. En plus, tout poison a ses bons côtés. Celui de certains champignons mortels est une merveilleuse source de médicaments. J'ai fait des recherches, un peu, là-dessus... Ici, l'auteur dit que c'est une chance que la grotte joue le rôle de lazaret – mais là, je ne sais pas trop trop ce que ça signifie.

— Zar ? demanda Prunille.

— Un lazaret, dit Klaus lentement, plissant le front pour rassembler ses souvenirs, je crois que c'est l'endroit, dans un port ou un aéroport, où l'on isole les voyageurs contagieux. Oui, voilà, c'est logique : comme l'amanite médusoïde pousse là où personne ne va jamais, très peu de gens ont dû être victimes de ce champignon. Mais si quelqu'un rapportait une spore sur la terre ferme, qui sait ce qui pourrait arriver ?

— Et qui veut le savoir ? s'écria le capitaine. Il n'est pas question de rapporter l'ombre d'une spore ! Aye ! Nous nous contenterons de ramasser ce sucrier et de vite filer ! Aye ! Je mets le cap sur cette grotte illico !

Et, se levant de table d'un saut de carpe, il empoigna l'échelle de corde pour reprendre son poste aux commandes.

— Euh, tu es sûr ? lui dit Fiona, refermant son livre. Tu ne crois pas qu'on ferait mieux de renoncer ? Ça a l'air drôlement dangereux.

— Dangereux ? Aye ! Dangereux et terrifiant ! Aye ! Terrifiant et difficile ! Aye ! Difficile et mystérieux ! Aye ! Mystérieux et guère plaisant ! Aye ! Guère plaisant et risqué ! Aye ! Risqué et généreux ! Aye !

— Mais tant que nous restons à bord du *Queequeg*, dit Phil qui se débattait pour rester optimiste, ce champignon ne peut sûrement nous faire aucun mal.

— Et quand bien même il le pourrait! s'écria le capitaine avec un superbe effet de manche, depuis le haut de son échelle de corde.

Et soudain, il se lança dans une diatribe enflammée, expression signifiant ici «discours passionné que les enfants Baudelaire trouvèrent absolument convaincant, même s'ils n'étaient pas absolument d'accord avec chaque mot».

— La somme de fourberie en ce bas monde est monumentale! Aye! Songez à ces vaisseaux que nous avons vus sur l'écran du sonar! Songez à ce monstrueux submersible du comte Olaf, et à cet autre encore plus monstrueux qui l'a pris en chasse! Aye! Il y a toujours plus monstrueux, toujours plus terrifiant à nos trousses! Aye! Et tant de nos nobles vaisseaux ont déjà disparu! Aye! Croyez-vous que vos uniformes à l'effigie d'Herman Melville soient les seuls nobles uniformes au monde? Non! Jadis, il en existait, non moins nobles, à l'effigie de P.G. Wodehouse et de Carl Van Vetchen. Il en existait à l'effigie de Barbara Comyns et de Beverly Cleary, d'Archy et Mehitabel, et de Zig et Puce, et de Boule et Bill, et de Moustache et Trottinette! Mais de nos jours il reste si peu de vrais volontaires!

Aussi, le mieux que nous puissions faire est d'accomplir au moins un petit acte de noblesse ! Aye ! Comme de récupérer ce sucrier au fin fond de la grotte Gorgone, aussi sombre, aussi périlleuse que cette mission nous paraisse ! Aye ! N'oubliez pas ma philosophie personnelle ! Celui qui hésite est perdu !

— *Ou celle*, rappela Fiona.

— Ou celle, concéda le capitaine. Aye ?

— Aye ! s'écria Violette.

— Aye ! lança Klaus.

— Aye ! cria Prunille de sa petite voix aiguë.

— Hourra ! hurla Phil.

Le capitaine Virlevent le toisa, sévère. Ce n'était pas la bonne réponse.

— Cuistot ! ordonna-t-il, à la plonge ! Et vous autres, les enfants, allez donc piquer un roupillon ! Aye !

— Roupillon ? dit Violette.

— Aye ! Un gros dodo, si vous aimez mieux !

— On sait ce que c'est qu'un roupillon, dit Klaus. Ce qui nous étonne, c'est d'être envoyés au lit en pleine mission.

— Ah ! mais c'est que nous n'y sommes pas encore, à cette caverne ! expliqua le capitaine. Aye ! Et je tiens à ce que vous soyez bien reposés quand on aura besoin de vous ! Allez hop, vous quatre ! À vos quartiers ! Aye !

Sans doute avez-vous déjà déploré cette dure réalité : presque toujours, c'est quand les choses commencent à devenir intéressantes que sonne l'heure d'aller au lit. Les enfants ne mouraient pas d'envie d'aller se trémousser sur une couchette dans leurs quartiers – mot signifiant ici «sorte de dortoir rarement confortable» – alors que le *Queequeg* approchait d'une mystérieuse grotte recelant un mystérieux objet. Mais tout en suivant Fiona le long du boyau, tout en passant devant la plaque proclamant la philosophie personnelle du capitaine, devant la porte de la réserve et devant un nombre incalculable de tubulures ayant toutes la goutte au nez, les trois jeunes Baudelaire s'avouaient en silence qu'au fond ils étaient bien fatigués. Et lorsque Fiona poussa une porte ouvrant sur une sorte de placard à balais équipé de couchettes superposées dans un clair-obscur verdâtre, c'était à qui bâillerait le plus fort. Peut-être fut-ce l'effet de cette longue, longue journée, démarrée aux aurores sur les hauteurs du mont Augur, mais pas une seconde Violette n'eut en tête des engrenages, contrairement à l'accoutumée, lorsqu'elle se coula sous les couvertures. Klaus eut à peine posé ses lunettes sur la tablette jouxtant sa couchette qu'il était déjà dans les bras de Morphée, expression signifiant ici qu'il dormait à poings fermés, sans réfléchir un instant au dernier livre lu. Quant à Prunille, elle se lova au creux d'un oreiller et s'endormit sans même inventer une nouvelle recette – de préférence une salade croquante ou un gratin croustillant, car elle avait beau n'être plus un bébé, elle continuait de préférer ce qui résistait sous la dent à toutes les chaudrées du monde. Même Fiona, dont je connais moins les rites du coucher que ceux des trois autres, sombra dans un profond sommeil sitôt qu'elle eut déposé ses lunettes à côté de celles de Klaus.

Le ronronnement des moteurs ne tarda pas à les changer en marmottes pour plusieurs heures d'affilée, et sans doute auraient-ils dormi plus longtemps si un fracas sinistre – et sinistrement familier – ne les avait réveillés en sursaut. C'était un crissement insoutenable, à vous faire grincer des dents, un crissement d'ongles géants sur un tableau noir géant, doublé d'une série de secousses telles qu'ils en furent presque expulsés de leurs couchettes.

— Hé ! mais qu'est-ce qui se passe ? marmotta Violette.

— On vient de heurter quelque chose, diagnostiqua Fiona d'un ton sombre, saisissant d'une main ses lunettes et, de l'autre, son casque de scaphandre. Il vaudrait mieux aller voir.

Le quatuor se faufila dans le boyau. Des clapotis inquiétants provenaient de plusieurs des tuyaux, et Klaus dut soulever Prunille pour l'aider à franchir deux ou trois énormes flaques.

— Ce n'est quand même pas que nous coulons ? demanda Klaus.

— On ne va pas tarder à le savoir, répondit sobrement Fiona.

Et la petite troupe déboula dans la grande salle, où Phil et le capitaine étaient plantés devant la table, le regard vissé sur le hublot et son obscur néant. Tous deux faisaient une mine de trois pieds, malgré les efforts de Phil pour garder le sourire.

— Une bonne chose que vous ayez pris du repos, les enfants, annonça-t-il. Il va y avoir de l'action. De l'aventure.

— Une bonne chose que vous ayez vos casques, compléta le capitaine Virlevent. Aye !

— Pourquoi ? demanda Violette. Le *Queequeg* a pris un mauvais coup ?

— Aye ! répondit le capitaine. Je veux dire, non. Il a subi une petite avarie, mais il tiendra bon – pour le moment. Nous avons atteint la grotte Gorgone voilà une heure environ, et j'ai pu manœuvrer pour y pénétrer comme une fleur. Seulement, le passage a rétréci d'un coup...

— Le bouquin disait que la grotte est en forme de sablier, rappela Klaus. Un sablier a un étranglement au milieu.

— Aye ! convint le capitaine. Au début, tout allait bien, mais nous voilà bloqués à l'étranglement. Plus moyen d'avancer. Pour récupérer ce sucrier, il faut envoyer au fond de cette grotte quelque chose de plus petit calibre.

— Batiscaff ? s'informa Prunille.

— Non, répondit le capitaine. Je dirais plutôt... enfant.

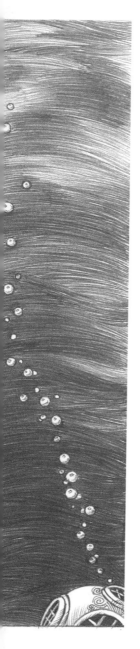

CHAPITRE
VI

— Vous avez fière allure sous ces casques, les enfants ! s'émerveillait Phil avec son grand sourire optimiste. Bon, vous avez un peu le trac, ça se comprend, mais ne vous en faites pas. Vous allez être à la hauteur, j'en suis sûr !

Les enfants Baudelaire soupirèrent dans leurs casques et échangèrent des regards à travers les petites vitres rondes.

Être à la hauteur, bien évidemment, n'a rien à voir avec l'altitude ni avec les mensurations sous la toise. Être à la hauteur, c'est se montrer capable de faire face à une situation. Or ni Violette, ni Klaus, ni Prunille ne se sentaient à la hauteur. Ils se sentaient bien petits, au contraire, et le moral plus bas que jamais.

Pour commencer, ces casques de scaphandre n'avaient rien de confortable. C'était une chose de se promener un casque à la main et une autre de l'avoir sur la tête, vissé comme le bouchon d'une fiole. Violette n'aimait guère l'idée de ne pas pouvoir nouer ses cheveux en cas d'urgence, ni Klaus l'impossibilité de remonter ses lunettes sur son nez, sans parler de ce hublot étriqué qui réduisait encore son champ de vision. Quant à Prunille, elle n'appréciait pas du tout, du tout de devoir se recroqueviller en boule à l'intérieur du sien ni de se faire trimballer sous le bras par son aînée comme un vulgaire ballon de plage. Chacun des trois enfants, la veille, avait trouvé que son uniforme lui allait comme un gant. Et voilà qu'à présent ces mêmes uniformes leur semblaient aller comme des sabots, de gros sabots à semelles de plomb, prêts à les entraîner par le fond.

— Ne vous en faites pas, leur dit Fiona avec un sourire derrière la vitre de son casque. Dans ces scaphandres, au moins, on est en sécurité. En parfaite sécurité, même si ce n'est pas le grand confort, ajouta-t-elle comme si elle lisait dans leurs pensées.

— Oh ! le confort, tant pis, dit Violette. Du moment qu'on peut respirer...

— Bien sûr qu'on peut respirer ! s'écria le capitaine. Aye ! Le système à oxygène de ces casques vous fournit de quoi respirer, et largement, pour plus de vingt-quatre heures ! Bien entendu, si l'occasion se présente de les retirer, n'hésitez pas ! Aye ! Ainsi le système se rechargera de lui-même en oxygène, et vous serez autonomes plus longtemps.

— Les retirer ? s'étonna Klaus. Dans une caverne sous-marine ?

— Sait-on jamais ? répondit le capitaine. Aye ! Vous serez en terre inconnue ! Ah ! je donnerais cher pour y aller moi-même ! Aye ! Mais il y a cet étranglement, et je ne suis plus tout mince comme jadis !

— Talpa europaea, dit Prunille.

Mais l'épaisseur du casque étouffait sa petite voix, de sorte que même ses aînés eurent un peu de mal à comprendre.

— Je crois qu'elle se demande comment nous allons trouver notre chemin dans le noir, interpréta Violette. Y a-t-il des lampes de poche étanches à bord ?

— Des lampes de poche ne vous serviraient à rien, répondit le capitaine. L'obscurité est bien trop profonde ! Aye ! Mais vous n'aurez pas à chercher votre chemin. Aye ! Si les calculs de Klaus sont corrects, le courant va vous entraîner dans la bonne direction ! Vous n'aurez même pas à nager !

Il vous suffira de vous laisser emporter comme des bouchons – comme quatre bouchons, aye ! – droit vers le sucrier.

— Ça paraît affreusement passif, comme mode de déplacement, dit Fiona.

— Aye ! admit son beau-père. Ça l'est. Mais il n'y a pas d'autre solution ! Et nous ne devons pas hésiter ! (Du geste, il indiqua sa plaque.) Celui ou celle qui hésite est perdu !

— C'est un peu dur de ne pas hésiter, dit Violette, avant de se lancer dans ce genre d'aventure.

— Vous pouvez encore tirer à la courte paille ! suggéra le capitaine. Rien ne vous oblige à y aller tous !

— Oui, mais nous trois, nous aimons mieux ne pas être séparés, expliqua Klaus. Nous séparer nous a valu trop d'ennuis.

— Les ennuis, je dirais que vous les attirez, fit remarquer le capitaine. Aussi bien ensemble que séparés.

— Les Baudelaire ont raison, beau-papa, intervint Fiona. Ensemble, c'est plus logique. Nous pourrions avoir besoin des compétences de Violette en mécanique et des compétences de Klaus en lecture de cartes marines. Et le calibre de Prunille pourrait nous rendre bien service, si jamais la grotte rétrécit encore.

— Ulp, fit Prunille ; autrement dit, en gros : « Je

n'aime pas trop l'idée de dériver comme un bouchon, toute seule dans un casque de scaphandre.»

— Et toi, Fiona? demanda le capitaine. Aye! Toi, tu peux rester ici avec moi!

— Mais on risque d'avoir besoin de mes compétences à moi aussi, dit Fiona d'un ton égal – et les enfants Baudelaire frissonnèrent en songeant à la fausse golmotte médusoïde et à ses spores vénéneuses.

— Aye! reconnut le capitaine, recourbant sa moustache d'un doigt ganté. Eh bien! je ferai un rapport à S.N.P.V.! Aye! Et vous autres, vous verrez, vous serez cités pour acte de bravoure! Tous les quatre!

Les enfants échangèrent des regards à travers leurs petits hublots. Se faire citer pour acte de bravoure, c'est recevoir une récompense sous forme d'un bout de papier – pas même d'une médaille – attestant qu'un jour vous avez fait preuve de courage. C'est un honneur, assurément, mais jamais bout de papier n'a été très utile en cas de danger, pas plus dans les profondeurs marines que dans les airs – comme les enfants Baudelaire devaient le découvrir par la suite. D'ailleurs, n'importe qui peut rédiger une citation pour bravoure. Je dirais même qu'il m'est arrivé, à l'occasion, d'en rédiger pour mon propre usage afin de ne pas me laisser abattre lors d'une mission périlleuse. Les trois enfants

auraient mieux aimé la garantie que tout se passe-
rait bien dans les entrailles de la grotte Gorgone,
mais ils comprenaient que le capitaine faisait de son
mieux pour leur insuffler courage, et ils le suivirent
le long du boyau sombre.

— Voilà, dit-il lorsqu'ils eurent atteint le réduit
dans lequel, pour la première fois, ils avaient mis
le pied à bord. Pour sortir du sous-marin et vous
mettre à l'eau, il vous suffit de grimper à l'échelle,
puis, une fois là-haut, de me prévenir bien fort.
J'activerai la valve du sas, afin que le *Queequeg*
ne s'emplisse pas d'eau comme un tonneau quand
vous ouvrirez l'écoutille. Ensuite, je vous l'ai dit,
vous n'aurez plus qu'à vous laisser emporter par
le courant. Vous devriez aboutir au même endroit
que le sucrier.

— Et vous ne voulez toujours pas nous dire ce
que ce sucrier a de si précieux ? ne put se retenir
de demander Violette.

— Ce n'est pas tellement le sucrier, c'est ce qui
est dedans ! Aye ! Il est des secrets, en ce monde,
trop horribles pour de jeunes esprits ! Songez : si
vous étiez au courant, pour ce sucrier, et si par
malheur vous tombiez aux mains du comte Olaf
– allez savoir de quoi il serait capable ! Aye !

— Mais il faut voir le bon côté des choses,
entonna Phil. Même si des horreurs se cachent dans
cette caverne, au moins vous n'y trouverez pas le

comte Olaf. Pas de danger qu'il ait pu y entrer avec son espèce de pieuvre géante !

— Aye ! approuva le capitaine. N'empêche que nous garderons l'œil sur le sonar, au cas où il réapparaîtrait ! Et vous aussi, les enfants, nous vous aurons à l'œil en permanence ! Aye ! Vos casques à oxygène feront suffisamment de bruit pour que vous apparaissiez sur l'écran, tous les quatre, sous forme de points minuscules – un pixel chacun. Aye ! Et maintenant, ouste, filez ! Et bonne chance !

— Nos vœux vous accompagnent ! lança Phil.

Tous deux congédièrent les enfants d'une petite tape affectueuse sur le sommet de leurs casques et, sans hésiter davantage, le trio Baudelaire suivi de Fiona s'élança en file indienne le long de l'échelle d'acier menant à l'écoutille. Le quatuor gravit les échelons en silence, jusqu'au moment où Violette étira son bras libre, l'autre serrant bien fort le casque contenant Prunille, et saisit la poignée de l'écoutille.

— On est prêts ! lança-t-elle vers le bas, bien qu'elle ne se sentit pas prête du tout.

— Aye ! répondit la voix du capitaine, répercutée par l'écho. Attention, j'actionne la valve du sas ! Comptez jusqu'à cinq, bien posément, et ouvrez l'écoutille ! Aye ! Mais ne perdez pas une seconde ! Aye ! Celui qui hésite est perdu ! Aye ! Ou celle ! Aye ! Bonne chance ! Aye ! Bonne pêche ! Aye ! Bon vent ! Aye ! Bons courants ! Aye ! Bon retour !

Il y eut un *clangue-dang* quelque part en bas, sans doute la fameuse valve en action, et les quatre enfants comptèrent calmement jusqu'à cinq dans leur tête, tout bas, très lentement...

Et de votre côté, plutôt que de courir le risque de verser des tombereaux de larmes, vous feriez bien de compter jusqu'à cinq aussi, tout bas, très lentement, voire jusqu'à dix, vingt, trente, le temps d'effacer de votre esprit la triste passe dans laquelle se trouvent les enfants Baudelaire – d'autant qu'il vous reste encore sûrement des tas de découvertes à faire concernant le cycle de l'eau.

Le cycle de l'eau, faut-il le rappeler, repose sur trois phénomènes : évaporation, précipitations, ruissellement, et ces trois phénomènes sont d'un ennui mortel – mais bien moins désolants que ce qui se produisit après que Violette eut poussé le battant de l'écoutille et que les eaux des profondeurs, noires et glacées, se furent ruées à l'intérieur du sas. Si vous lisez ce qui se passa ensuite – quoique je vous le déconseille formellement –, vous serez si traumatisé d'imaginer ces pauvres enfants, emportés comme des bouchons tout au long d'une caverne en goulot de bouteille, que vous n'en fermerez pas l'œil de la nuit. Alors que si vous vous lancez dans une bonne description du cycle de l'eau, vous avez toutes les chances de dormir très bientôt, tant est soporifique la rengaine du parcours de l'eau sur notre planète. Aussi vais-je poursuivre ce récit de la manière la plus souhaitable pour le bien de tous.

Le cycle de l'eau repose sur trois phénomènes : évaporation, précipitations, ruissellement, et ces trois phénomènes constituent ce que l'on nomme communément le «cycle de l'eau». L'évaporation, premier de ces phénomènes, est le processus par lequel l'eau se change en vapeur, puis en nuages, lesquels sont observables dans un ciel nuageux, par jour nuageux ou nuit nuageuse. Ces nuages se forment suivant un phénomène nommé «évaporation», qui est le premier des phénomènes constituant le cycle de l'eau. L'*évaporation*, et ron et ron, premier de ces trois phénomènes, est le terme consacré pour désigner le processus par lequel l'eau se change en vapeur, laquelle vapeur finit par former des nuages. Les nuages peuvent être identifiés selon leur aspect et s'observent d'ordinaire par temps nuageux – jour nuageux ou nuit nuageuse –, à l'occasion duquel ils forment un ciel nuageux. Le terme désignant le processus par lequel se forment les nuages – à partir de l'eau, laquelle se change en vapeur et s'assemble en formations connues sous le nom de *nuages* – est «évaporation», vocable formé à partir de «vapeur». Et cette évaporation est le premier des trois phénomènes constituant le «cycle de l'eau», et parions qu'à présent vous dormez comme un loir et ne risquez donc plus d'être traumatisé par l'affligeant récit qui va suivre.

À peine Violette eut-elle entrouvert l'écoutille que l'eau salée s'engouffra dans le sas avec rage. Mais les quatre jeunes scaphandriers, luttant contre ce torrent d'eau, s'extirpèrent du sous-marin, refermèrent l'écoutille en hâte et furent immédiatement happés par le courant, dans les noires profondeurs de la grotte Gorgone. Ils avaient beau savoir que le *Queequeg* avait pénétré au cœur d'une caverne marine, ils ne s'attendaient certes pas à une obscurité aussi totale, aussi glacée. Pas un rayon de soleil n'avait caressé les eaux de cette cavité depuis un certain temps – très exactement depuis l'époque où l'Aquacentre Amberlu était encore en pleine activité, expression signifiant ici «avant son anéantissement dans des circonstances plus que douteuses» –, si bien que cette eau se refermait sur vous comme un gant de glace.

Ainsi que Klaus l'avait prédit à partir des cartes marines, les courants au creux de la caverne emportaient les enfants loin du sous-marin mais, faute de repères, la vitesse était impossible à évaluer. Très vite les quatre volontaires perdirent de vue le *Queequeg*, très vite ils se perdirent de vue entre eux. Si la grotte avait été équipée d'un système d'éclairage, comme elle l'avait été naguère, les enfants auraient pu noter deux ou trois détails au passage. Ils auraient remarqué, par exemple, le sol carrelé d'une mosaïque – des milliers d'éclats de faïence composant une vaste fresque à la gloire des temps heureux d'une confrérie aux buts nobles, riche de portraits d'écrivains, de peintres, de musiciens, de savants, de philosophes et de grands cuisiniers ayant inspiré ses membres. Ils auraient sans doute vu aussi une gigantesque pompe rouillée, naguère capable de vider la grotte de toute son eau de mer en quelques minutes – ou de la remettre en eau dans le même laps de temps. Ils auraient pu, levant les yeux, repérer sur la voûte rocheuse le départ à angles variés de divers conduits verticaux dont la sortie nord du puits de ventilation et divers passages secrets reliant la grotte à un centre de recherches marines et de conseil en réthorique situé juste au-dessus. Peut-être même auraient-ils repéré la personne qui, justement, se faufilait dans l'un de ces passages à cet instant précis, sans doute pour la toute dernière fois, tentant désespérément de gagner le *Queequeg* dans les ténèbres.

Mais tout ce que les enfants voyaient à travers les hublots de leurs casques, c'était du noir – un noir abyssal, absolu, aquatique. Oh ! le noir n'avait rien de neuf pour eux, bien sûr. Ils l'avaient affronté bien des fois, dans des souterrains, des cages d'ascenseur, des rues désertes, des bâtiments abandonnés, sans parler de certains regards, certains desseins et même certaines âmes auxquelles ils auraient mieux aimé ne pas avoir affaire. Et cependant jamais encore les orphelins ne s'étaient sentis dans le noir à ce point. C'était la bouteille à l'encre, la vraie. Ils avaient perdu tout contact avec le monde extérieur, bien que Violette eût senti son pied, une fois ou deux, effleurer quelque chose de très lisse, un peu comme un carrelage de piscine. Ils avaient perdu tout sens de l'orientation, bien que Klaus eût la vague impression que, par la fantaisie du courant, il dérivait à présent tête en bas. Et il leur semblait aussi avoir perdu la vue, bien que Prunille eût cru distinguer, à plusieurs reprises, trois lueurs minuscules au loin, aussi ténues que ces quatre pixels vert fluo que le capitaine devait suivre des yeux sur l'écran de sonar à l'instant même – et qui n'étaient autres qu'eux.

Ils se laissèrent donc dériver dans le silence noir et glacé, le cœur plombé d'angoisse et d'une étrange solitude, et, lorsque leur dérive prit fin, ce fut de façon si brutale qu'il leur sembla être arrachés à un sommeil très profond, aussi profond que la grotte Gorgone elle-même.

Le premier choc fut un son insolite, ou plutôt un fouillis de sons, un peu comme une grêle d'éclats de verre ou de petits cailloux. Mais presque aussitôt ils comprirent qu'ils venaient de regagner la surface et qu'une sorte de vague, d'une poussée, les avait envoyés rouler sur ce qui paraissait être une plage. L'instant d'après, ils se retrouvaient à quatre pattes sur une pente de sable mouillé.

— Klaus ? appela Violette à travers son casque. Tu es là ? Qu'est-ce qui se passe ?

— Aucune idée, répondit Klaus, écarquillant les yeux vers la forme rampante qui semblait être son aînée. On n'est pourtant pas remontés en surface ! On était bien trop bas dans les profondeurs de la mer. Tu tiens toujours Prunille ?

— Suila ! répondit la petite depuis l'intérieur de son casque. Fiona ?

— Présente, répondit la jeune mycologue. Mais où sommes-nous ? Comment pouvons-nous être au fond de la mer et nous retrouver hors de l'eau ?

— J'aimerais le savoir, dit Klaus. Une histoire de poche d'air. Après tout, un sous-marin, ça croise dans les profondeurs et pourtant ça contient de l'air aussi.

— Vous croyez qu'on est à bord d'un autre sous-marin ? demanda Violette.

— Chépa, fit Prunille. Hé ! Guarda !

Autrement dit : « Regardez ! Là ! Au bout de mon doigt ! »

Ses aînés regardèrent mais, faute de voir son doigt, il leur fallut deux ou trois secondes pour se tourner dans la bonne direction. Là brillaient trois petites lueurs, ni bien grosses ni bien vaillantes, à quelque distance de l'endroit où la vague avait déposé les enfants. Ils se redressèrent sur leurs pieds, hésitants – hormis Prunille, forcée de rester en boule –, et constatèrent que ces lueurs provenaient de sources fort banales : de simples ampoules électriques. Non loin d'eux, contre la paroi, se dressaient quatre lampadaires, chacun muni d'un abat-jour décoré d'une lettre. Le premier s'ornait d'un S, le second, d'un N, le troisième, d'un P, et le quatrième, dont l'ampoule avait grillé, s'ornait d'une lettre invisible mais que les enfants lisaient en pensée.

— Bon sang, marmotta Fiona. C'est quoi, cet endroit ?

Alors ils firent quelques pas de plus et virent à moitié, puis devinèrent à moitié ce qu'était cet endroit.

Comme ils l'avaient soupçonné, le courant les avait déposés sur une plage, mais bizarrement, c'était une plage située à l'intérieur d'une salle aménagée de main humaine. Du haut de la plage, immobiles, les enfants scrutèrent cette pièce étrange, étroite et sombre, aux murs carrelés ruisselants d'eau et au sol dallé aux trois quarts ensablé, jonché d'un bric-à-brac à demi enfoui dans le sable. Il y avait là toutes sortes de bouteilles, certaines pleines et non débouchées, encore avec leur cachet de cire, ainsi que des boîtes de conserve apparemment encore intactes. Il y avait au moins quatre ou cinq livres aux pages gonflées d'eau, et de petits récipients divers (flacons, boîtiers), qui semblaient hermétiquement fermés. Il y avait un patin à roulettes, roues en l'air, et un jeu de cartes divisé en deux piles bien nettes, comme si quelqu'un s'apprêtait à les brasser. Çà et là, crayons et stylos pointaient hors du sable comme des piquants de porc-épic, sans parler de quantité d'objets impossibles à identifier dans la pénombre.

— Mais enfin, on est où ? insista Fiona. Pourquoi ce trou n'est-il pas plein d'eau ?

Klaus leva les yeux, mais il faisait trop sombre pour distinguer la voûte.

— On dirait une sorte de passage, dit-il à mi-voix. Un lieu relié à la terre ferme en surface... Peut-être à une île, ou peut-être, par je ne sais quel détour, au continent.

— L'Aquacentre Amberlu... murmura Violette, pensive. Combien je parie que ses ruines sont juste au-dessus de nos têtes ?

— Oxo ? s'enquit Prunille ; autrement dit : «Vous croyez qu'on pourrait respirer sans nos casques ?»

— Je dirais que oui, répondit Klaus et, avec circonspection, il dévissa son casque à demi – geste pour lequel, à mes yeux, il aurait bien mérité une citation pour acte de bravoure. Oui, confirma-t-il après avoir avalé une petite gorgée d'air. Oui, ça va, on peut respirer. Enlevons nos casques, que nos systèmes à oxygène se rechargent.

— Mais enfin, qu'est-ce que c'est que ce lieu ? répéta Fiona, son casque retiré. Qui pourrait bien avoir bâti cette espèce de salle au fond des mers, et pourquoi ?

— En tout cas, ça a l'air abandonné, dit Violette. C'est bourré de saletés.

— N'empêche que quelqu'un doit venir de temps en temps, observa Klaus. Ne serait-ce que pour changer les ampoules. Et ces saletés, comme tu dis, ont dû être apportées là par le courant. Comme nous.

— Commsucrié, dit Prunille.

— Hé ! c'est vrai, s'avisa Fiona, cherchant des yeux dans le fatras. Il doit être quelque part par là.

— Trouvons-le et filons, dit Violette. Je n'aime pas cet endroit.

— Mission, conclut Prunille ; ce qui signifiait, en clair : «Le sucrier trouvé, on pourra dire : "Mission accomplie."»

— Pas tout à fait, rappela Klaus. Il nous restera à regagner le *Queequeg*. Et contre le courant, je vous rappelle. Mais bon, tu as quand même raison, Prunille. Une fois ce sucrier retrouvé, la bataille sera à moitié gagnée.

Et les quatre volontaires se répartirent à travers la petite salle afin d'examiner avec méthode les objets enfouis dans le sable.

Dire qu'une bataille est à moitié gagnée, c'est toujours un peu risqué. Une bataille n'est jamais gagnée que quand elle est gagnée, point final. Parce que la seconde moitié, quoi qu'on pense, peut toujours se révéler plus ardue que la première. Par exemple, pour faire un œuf poché, on pourrait croire que, dès que l'eau bout, la bataille est à moitié gagnée. En réalité, le plus dur reste à faire : plonger l'œuf dans cette eau bouillante et obtenir une chose en forme d'œuf, avec le jaune encore moelleux blotti au milieu, et non un petit fatras de filaments où blanc et jaune se battent en duel. Autre exemple : quand on fait de l'alpinisme, on pourrait penser qu'une fois au sommet d'un pic escarpé la bataille est à moitié gagnée ; mais si on trouve là-haut une bande de chamois enragés, l'autre moitié a toutes les chances d'être un peu rude. Ou encore, quand on vient de délivrer un ami ichnologue kidnappé (oui, l'un de ces spécialistes des traces et empreintes de pas, c'est leur nom), on pourrait croire la bataille à moitié gagnée ; mais si on veut lui servir un œuf poché, on découvre que le plus dur reste à faire. Bref, les orphelins Baudelaire et leur jeune consœur s'imaginaient que rechercher le sucrier dans le sable était la moitié de la bataille, mais je suis au regret de dire qu'ils se trompaient – et je remercie le ciel que ce livre vous soit tombé des mains durant mon dernier exposé sur le cycle de l'eau. Ainsi, vous ne saurez rien de la seconde moitié de la bataille, ni du terrible poison contre lequel les quatre enfants eurent à se battre, peu après avoir passé le sable au peigne fin.

— Voici ce que j'ai trouvé, déclara Violette au bout d'un moment : une poignée de porte, deux ressorts de matelas, une demi-bouteille de vinaigre et un couteau à éplucher, mais pas de sucrier.

— Moi, dit Klaus, j'ai trouvé une boucle d'oreille, un taille-crayon cassé, un livre de poésie, la moitié d'une agrafeuse et trois de ces bâtonnets en plastique qu'on met dans les verres à cocktail – qu'on appelle des touillettes, je crois –, mais pas de sucrier.

— Tribouatsoup, annonça Prunille, beurcaouett, boittcrakère, pesto, wasabi, lo mein. Nadasucr.

— Hmm, fit Klaus. Ça a l'air plus dur que prévu. Et toi, Fiona ?

Fiona ne répondit pas.

— Fiona ? répéta Klaus.

Tous trois se retournèrent vers elle. Mais Fiona ne les regardait pas. Son regard portait au-delà d'eux, et ses yeux semblaient immenses derrière ses verres en triangle.

— Fiona ? dit Klaus paniqué. Qu'est-ce que tu as trouvé, toi ?

Fiona avala sa salive, désignant du doigt la petite plage.

— Amanita... murmura-t-elle dans un souffle.
Gorgonoïdes...

Les enfants Baudelaire se tournèrent dans la direction indiquée. Là-bas, sans un bruit, surgissaient et croissaient à vue d'œil les pieds coiffés de chapeaux de la fausse golmotte médusoïde, l'amanite empoisonneuse dont Fiona avait lu la description à voix haute, la veille. Comme l'avait annoncé l'ouvrage savant, les filaments du mycélium étaient restés invisibles, mais sans doute avaient-ils été en phase de croissance active, car à présent les champignons champignonnaient partout à la fois, sur le sable humide et le long des murs carrelés. Au début, ils ne furent qu'une poignée, chacun d'un gris morne, indéfinissable, tacheté de noir sur le chapeau, comme éclaboussé d'encre de Chine. Mais de seconde en seconde il en jaillissait d'autres, toujours sans bruit, et d'autres encore, jusqu'à former une petite foule muette campée sur la plage, qui semblait observer fixement les enfants.

À première vue, l'amanite tueuse ne s'aventurait pas hors du sable humide, pas pour l'instant du moins. Mais la phase de croissance se poursuivait sans mollir, et bientôt toute la plage en pente disparut sous cette marée de sinistres chapeaux. Les quatre enfants, terrorisés, se blottirent tout en haut de la salle, sur le sable sec, dans la lueur des lampadaires, le regard vissé sur cette foule vénéneuse. Et les pieds continuaient de s'allonger, les chapeaux de se déployer, poussant les uns par-dessus les autres comme s'ils se bousculaient, avides de regarder les enfants paralysés par la peur.

Rechercher le sucrier avait été la moitié de la bataille. À présent, les quatre enfants se retrouvaient pris au piège, et cette seconde moitié de la bataille n'avait vraiment rien d'engageant.

CHAPITRE
VII

Le mot «truffé» – comme les mots «volontaire», «défense» ou «communauté» et quantité d'autres vocables figurant dans les dictionnaires – peut prendre des sens variés qui dépendent fortement du contexte, autrement dit des circonstances dans lesquelles il est employé.

La truffe étant un fabuleux champignon, exquisément parfumé, lorsqu'on parle de dinde «truffée», par exemple, on songe tout de suite à quelque chose de bon, et même d'excellent. Pourtant, «truffé» a un autre sens, et pas toujours fameux, celui-là. Si un professeur vous annonce que votre devoir est truffé de fautes, cela ne signifie pas qu'il l'a trouvé bon ou excellent. Sans doute juge-t-il plus élégant de dire «truffé» que «bourré» de fautes, mais c'est néanmoins ce qu'il entend par là : que les fautes y abondent, y pullulent, y prolifèrent. Ce qui est assez peu logique, au fond, la truffe n'ayant guère tendance à abonder, ni à pulluler, ni à proliférer. En fait, elle est même si rare et coûteuse que, lorsqu'un pâté se dit truffé, on sait d'avance qu'il n'est pas précisément bourré de truffes. Tout juste en contient-il des traces, à peine un ou deux pour cent, de l'aveu même de l'étiquette.

Quoi qu'il en soit, «truffé» a pris ce sens d'extrême abondance, et il faut reconnaître que, jusqu'ici, la vie des orphelins Baudelaire a été truffée de choses exécrables – que je m'en voudrais de résumer une fois de plus –, tant les désastres et calamités ont eu tendance à pulluler pour eux.

— Truff, déclara Prunille, et elle ajouta, s'efforçant d'être claire : Pullul.

— Oui, reconnut Klaus. Et ce n'est pas une bonne nouvelle. Fiona, tu crois que le poison nous a déjà atteints ?

— Non, assura Fiona, catégorique. Les spores ne peuvent pas nous toucher de si loin. Tant que nous restons au fond de cette caverne et que les champignons n'avancent pas davantage, il ne devrait y avoir aucun danger.

— J'ai l'impression qu'ils ne progressent plus, hasarda Violette.

Les trois autres, intensément, observèrent la marée fongique et constatèrent qu'elle disait vrai. Sur les flancs du bataillon, de nouveaux chapeaux émergeaient, bousculant les confrères, mais la ligne de front n'avançait plus.

— Apparemment, dit Fiona, le mycélium s'arrête là. Coup de chance pour nous.

Klaus eut un petit rire sarcastique.

— Chance ? Pas l'impression d'avoir une chance folle ! Je me sentirais plutôt piégé, oui. Comment sortir d'ici, maintenant ?

— Il n'y a pas trente-six chemins, dit Violette. Pour regagner le *Queequeg*, il faut passer à travers ces champignons.

— Hors de question, trancha Fiona. Sauf à vouloir se faire hara-kiri. Les spores, c'est comme de la poussière. Il suffirait qu'une seule se faufile à l'intérieur d'un de nos scaphandres...

— Tidott ? s'enquit Prunille.

— Je pourrais sans doute trouver une recette de contrepoison quelque part dans mes bouquins, répondit Fiona, mais ce n'est pas un risque à prendre. Surtout avec un poison qui agit vite. Non, il faut dénicher une autre issue.

D'instinct, les enfants levèrent le nez vers la voûte. Violette posa une main sur le carrelage glissant de la muraille. De l'autre main, elle ouvrit la poche étanche de son scaphandre et en tira son ruban.

Klaus se tourna vers elle.

— Tu crois qu'on pourrait sortir par le haut? Il y a un passage, là, forcément. Tu pourrais inventer quelque chose pour nous aider à y grimper?

— Tingamibob, commenta Prunille; autrement dit: «En tout cas, pour bricoler, le sable est truffé de matériaux.»

— Ce n'est pas qu'une question de matériaux, dit Violette, scrutant l'obscurité au-dessus de leurs têtes. Le problème, c'est la distance. En gros, il y a des kilomètres d'ici à l'air libre en surface. Même le meilleur des bricolages risquerait de ne pas tenir jusqu'en haut. Ce serait la redégringolade assurée.

— Pourtant ce passage a bien dû être utilisé, insista Klaus. Sinon, pourquoi l'aménager?

— Peu importe, coupa Fiona. Oublions cette solution. Il faut regagner le *Queequeg*. Sinon, mon beau-père va s'inquiéter pour nous. À un moment ou à un autre, il va enfiler son casque et se lancer à notre recherche...

— Et foncer droit vers les champignons, compléta Klaus. Fiona a raison. Même si on pouvait sortir par le haut, ce ne serait pas une bonne idée.

— Mais que faire alors ? s'alarma Violette. Rester ici jusqu'à la fin de nos jours ?

Les yeux sur l'armée champignonnesque, Fiona ravala un soupir.

— D'après mon bouquin, la fausse golmotte médusoïde passe par des phases croissantes et décroissantes. Pour le moment, elle est en phase croissante. Il va falloir attendre qu'elle décroisse et, quand elle aura fini de décroître, on traversera la plage en courant pour regagner le *Queequeg* à la nage.

— Elles durent longtemps, ces phases ? s'inquiéta Klaus.

— C'est tout le problème, admit Fiona. Ça pourrait être une question de minutes comme une question d'heures. Ça pourrait être une question de jours...

— De jours ? s'étrangla Violette. Si ça prend des jours, ton beau-père aura renoncé à nous attendre, oui ! Et ce sera fichu pour le rendez-vous S.N.P.V. ! Pas question d'attendre des jours !

— C'est la seule option, lui dit Klaus d'un ton conciliant, une main sur l'épaule de son aînée. À moins d'accepter l'intoxication mortelle.

— Alors, n'appelle pas ça une option, répliqua Violette, amère.

— C'est ce qu'on appelle un choix d'Hobson, rappela son frère. Tu te souviens ?

Violette eut un sourire en coin.

— 'Videmment que je me souviens.

— Mamayaga, dit Prunille, et Violette la prit dans ses bras.

— Qui était cet Hobson ? voulut savoir Fiona. Quel était son choix ?

Klaus eut un franc sourire.

— C'est une histoire qui remonte au XVIIe siècle, dit-il. Thomas Hobson – certains disent Tobias – était un loueur de chevaux et, d'après la légende, il disait toujours à ses clients : «Vous avez le choix entre prendre le cheval le plus près de la porte de l'écurie ou pas de cheval du tout.»

— Pas vraiment un choix, fit remarquer Fiona.

— C'est tout à fait ça, confirma Violette. Choix d'Hobson égale pas le choix. C'est une expression que notre mère utilisait souvent. Elle disait : «Bon, Violette. Je te laisse le choix, le choix d'Hobson. Soit tu ranges ta chambre, soit je me plante ici, à ta porte, et jusqu'à ce que tu aies rangé je chante la chanson dont tu as horreur...»

— Et c'était quoi, s'enquit Fiona, la chanson dont tu avais horreur ?

Violette se mit à chanter faux, d'une voix railleuse :

— *Rame, rame, mon bateau ! Vogue, vogue, au fil de l'eau...* Ce que je déteste, c'est la fin : *La vie n'est qu'un rêve !*

— Moi, dit Klaus, le choix d'Hobson qu'elle me proposait, c'était soit faire la vaisselle, soit écouter des poèmes d'Edgar Guest. C'est vraiment le poète que j'aime le moins au monde.

— Bain ou robrose, résuma Prunille.

— Et elle plaisantait souvent de cette façon, votre mère ? demanda Fiona. La mienne, si je ne rangeais pas ma chambre, elle entrait dans une fureur noire.

— Oh ! notre mère aussi piquait de sacrées colères, se souvint Klaus. Tu te rappelles, Violette, le jour où on avait laissé ouverte la fenêtre de la bibliothèque, et que justement cette nuit-là il avait plu comme pas permis ?

— Bon sang, oui ! Cette fois-là, elle était vraiment sortie de ses gonds, s'écria Violette, qui s'était retenue à temps de dire : «Elle avait vraiment pété les plombs.» Elle criait comme un sourd. Il faut dire qu'à cause de nous un gros atlas avait été tout gondolé. Un atlas irremplaçable, d'après elle.

— Si tu l'avais entendue ! dit Klaus. C'est simple, notre père était descendu de son bureau pour voir ce qui se passait.

— Oui, se souvint Violette, et à son tour il s'était mis à crier...

Elle se tut net. Son frère et elle échangèrent un regard gêné.

Il arrive à chacun de nous de sortir de ses gonds, bien sûr, et de crier plus fort que nécessaire. Mais les enfants n'aimaient guère songer à leurs parents dans cet état peu digne, surtout à présent que les intéressés n'étaient plus là pour présenter leurs excuses ou se justifier. Il est souvent difficile d'admettre que quelqu'un qu'on aime n'est pas parfait, ou de regarder en face ceux de ses traits de caractère qui sont moins admirables que le reste. D'une certaine façon, il semblait aux enfants Baudelaire qu'après la disparition de leurs parents ils avaient tracé dans leur mémoire une ligne invisible – une frontière qui séparait les souvenirs merveilleux des souvenirs un peu moins reluisants, des petits détails moins heureux. Depuis l'incendie, chaque fois qu'ils songeaient à leurs parents, les trois enfants avaient pris soin de ne jamais franchir cette frontière. Ils avaient choisi de chérir en pensée les meilleurs moments passés en famille et de laisser de côté ceux qu'ils aimaient mieux ne pas revivre – toutes les bisbilles, toutes les occasions lors desquelles l'un ou l'autre avait révélé un petit côté mesquin, ou égoïste, ou injuste.

Et voilà que soudain, dans la pénombre de la grotte Gorgone, ils venaient de franchir cette ligne en se remémorant l'orage parental dans la bibliothèque. Et d'autres orages familiaux leur revenaient en mémoire sans avoir été convoqués, si bien qu'au bout d'un moment chacun d'eux eut l'esprit truffé de souvenirs toutes catégories, expression signifiant ici «les bons et mauvais souvenirs confondus». Ils avaient un peu mauvaise conscience d'avoir franchi cette ligne-là, d'avoir reconnu en pensée que leurs parents n'avaient pas toujours été la perfection même. Et plus troublant encore était de se rendre compte qu'ils ne pourraient plus revenir en arrière, prétendre avoir oublié à jamais les moments moins-que-parfaits, pas plus qu'ils ne pouvaient remonter dans le passé et retrouver la douce quiétude de la grande demeure familiale, au temps d'avant l'incendie, au temps d'avant l'intrusion du comte Olaf dans leurs jeunes vies.

— Mon frère aussi piquait des colères noires, dit soudain Fiona. Avant sa disparition, mon beau-père et lui avaient de sacrées prises de bec – tard dans la nuit, quand ils me croyaient endormie.

— Ton beau-père n'en a rien dit, fit observer Violette. Il a seulement rappelé que ton frère était un garçon charmant.

— Peut-être qu'il se souvient uniquement du côté charmant, dit Fiona. Peut-être qu'il aime mieux oublier le reste. Ou tenir secret ce côté-là.

Klaus parcourut du regard l'étrange salle sous-marine.

— À ton avis, murmura-t-il, il est au courant, ton beau-père, pour cette salle ? Il la connaît, tu crois ? Il avait dit que nous trouverions peut-être un endroit où retirer nos casques. Sur le moment, ça m'avait paru bizarre.

— Je n'en sais rien, reconnut Fiona. C'est sans doute un autre secret.

— Comme le sucrier, dit Violette.

— Apropodukel, dit Prunille.

— Tu as raison, Prunille, s'avisa Klaus. Il faut reprendre les recherches.

— Il est forcément quelque part, ce sucrier, dit Fiona, et ça va nous occuper en attendant que l'amanite décroisse. Ratissons chacun un quart de la surface – sans nous approcher de la plage. Le premier qui trouve le sucrier pousse un grand cri.

Les quatre explorateurs se répartirent l'espace, attentifs à rester à distance respectable du bataillon médusoïde. Les trois ou quatre heures suivantes les virent passer le sable au crible de leurs doigts gantés, et examiner chaque découverte à la lumière des trois lampadaires. Chaque secteur inspecté révéla d'intéressantes trouvailles, mais aucun des quatre chercheurs ne poussa de grand cri.

Violette découvrit entre autres un beurrier, une jolie longueur de câble électrique et une étrange pierre carrée gravée de messages en trois langues, mais pas l'objet de leur quête, si bien qu'elle demeura muette. Klaus découvrit une provision de cure-dents, une petite marionnette à gaine et un anneau en métal mat, mais pas ce qu'il avait tant espéré trouver, si bien qu'il ravala un soupir. Prunille découvrit deux serviettes de table pur lin, un écouteur de téléphone ébréché et un verre à vin élégant, mais fêlé – et, lorsque la benjamine des Baudelaire ouvrit la bouche enfin, ce ne fut pas pour pousser un grand cri mais pour proposer simplement :

— Snack ? Autrement dit : «Et si nous prenions un petit en-cas ?»

Sans attendre la réponse, elle ouvrit la boîte de craquelins et le pot de beurre d'arachides qu'elle avait dénichés plus tôt.

— Bonne idée, Prunille, dit Fiona. Merci ! Vous savez quoi, vous trois ? J'en ai plein le dos. Les mains me brûlent à force de creuser dans ce sable, et toujours pas trace de ce sucrier.

— Bien l'impression, moi aussi, de travailler pour le roi de Prusse, dit Violette (et Klaus se fit la réflexion qu'un jour il chercherait quel roi de Prusse avait fait trimer tout le monde pour des prunes). Nous avons risqué notre peau pour venir ici chercher un objet d'une importance capitale – sans savoir laquelle, d'ailleurs – et que trouvons-nous ? Un dépotoir. Autant décrocher la lune !

— Pas forcément, dit Klaus d'un ton tranquille, les yeux sur son butin tout en dévorant son craquelin. Pour le sucrier, ça paraît foutu, mais nous n'avons pas fait chou blanc, pas complètement.

— Ah bon ? fit Violette.

— Regardez, reprit-il, brandissant le livre qu'il

venait d'extraire du sable. C'est une anthologie – un recueil de poèmes, si vous aimez mieux. Bon, il est si gorgé d'eau que tout n'est pas lisible, mais voyez son titre...

Il leva un peu plus haut le volume aux pages détrempées afin de bien le montrer aux autres.

— *Subtilités naturelles d'une poésie vagabonde*, lut Violette à voix haute.

— S.N.P.V., commenta Prunille.

— Oui, et je me demande... commença Klaus. Je me demande s'il n'y a pas quelque chose là-dessous. Encore une histoire de message codé, un truc de ce genre... Je me demande s'il n'y aurait pas de secrets S.N.P.V. cachés par ici, en plus du sucrier.

— Ça se pourrait bien, dit Violette. Je suis d'accord avec toi, cette grotte a quelque chose d'un passage secret. Comme le souterrain qui partait de chez nous, comme celui qui partait de chez Quigley.

Fiona acquiesça gravement, et à son tour elle plongea la main dans son butin.

— Moi, j'avais découvert cette enveloppe, tout à l'heure, dit-elle. Je n'avais même pas pensé à l'ouvrir, j'étais trop occupée à chercher le sucrier.

— *Pointill*, triompha Prunille, levant bien haut un bout de page de journal à moitié déchirée, sur laquelle s'étalaient les lettres S.N.P.V. entourées d'un cercle au crayon, au milieu d'un gros titre.

— Je n'en peux plus de grattouiller dans ce sable, dit Violette. Si on s'offrait une pause, le temps de lire tout ça ? Klaus, tu peux peut-être examiner de plus près ton bouquin ? Et toi, Fiona, jeter un coup d'œil à ce que contient ton enveloppe ? Moi, je vais voir ce que dit cette coupure de presse dénichée par Prunille.

— Imoi ? demanda Prunille, qui ne savait pas encore très bien lire.

— Toi ? Si tu nous mitonnais quelque chose de bon ? suggéra Klaus avec un sourire. Ces craquelins m'ont ouvert l'appétit.

— Pronto, répondit la petite, et elle se mit en devoir d'inventorier son modeste trésor de provisions arrachées au sable – pour la plupart, fort heureusement, contenues dans des récipients étanches.

L'appétit des enfants avait toutes les raisons de s'ouvrir, leur dernier repas remontant à fort loin. Mais une autre faim leur venait, plus impérieuse encore peut-être : celle de comprendre, celle de percer les secrets qui les tarabustaient. Laissant Prunille à ses préparatifs, ses aînés s'absorbèrent dans leurs lectures respectives, avides de tout ce qui pouvait ressembler à un indice. Adossée au mur carrelé, Fiona faisait de même, le nez dans le courrier tiré de son enveloppe.

Ils étaient si occupés à lire et à prendre des notes qu'ils en oubliaient leurs estomacs creux, et lorsque, pour finir, Prunille lança «Atab!» après avoir longuement remué, battu, tourné une savante mixture, ils se demandèrent par quoi commencer: dévorer le repas qu'elle leur présentait ou mettre en commun leurs découvertes?

— C'est quoi, ce que tu nous as préparé? demanda Violette à sa petite sœur, le nez au-dessus de l'aquarium réquisitionné comme plat de service.

— Pesto lo mein, répondit Prunille.

— Elle dit qu'elle a trouvé une boîte de nouilles chinoises précuites, traduisit Klaus pour Fiona, et qu'elle les a mélangées à un pot de sauce italienne au pesto – au basilic et à l'ail, si tu préfères.

— Intéressant, comme mariage, dit Fiona. Tout à fait international.

— Hobson, commenta Prunille; autrement dit: «Je n'avais guère le choix.» Wasabi? En d'autres mots: «Quelqu'un veut du wasabi?»

— C'est quoi, le wasabi? s'informa Violette.

— Un condiment japonais, répondit Klaus. Extrait d'une plante de la famille de la moutarde – assez piquant, souvent servi avec du poisson.

— Gardons le wasabi pour une autre fois – tu veux bien, Prunille? dit Violette, glissant la petite boîte dans la poche de son uniforme. Quand on sera de retour sur le *Queequeg*, tu t'en serviras pour un plat de poisson.

Prunille consentit et déposa l'aquarium aux pieds de ses aînés.

— No posata, dit-elle, écartant ses mains vides.

— Tant pis, décida Klaus, on va se servir de ces touillettes en plastique à la place. Il suffit de les tenir comme des baguettes chinoises. On va faire un roulement, et ceux qui attendront leur tour en profiteront pour dire ce qu'ils ont découvert. Tiens, Fiona. À toi l'honneur de la dégustation.

— Merci, dit Fiona, acceptant sans se faire prier. Je meurs de faim. Tu as appris des choses intéressantes, Klaus, dans ce livre de poésie ?

— Moins que je n'aurais voulu, malheureusement. Les pages sont tellement gorgées d'eau que je n'ai pas pu en lire des masses. Mais c'est bien ce que je pensais : ce n'est pas vraiment un recueil de poèmes. Plutôt un manuel de codage, et j'y ai découvert un nouveau code, celui de Second niveau de perception des vers. Si j'ai bien compris, c'est une façon de communiquer en changeant des mots dans des poèmes.

— Là, je suis complètement larguée, avoua Violette.

— C'est un peu tordu, reconnut Klaus, et il ouvrit son calepin sur une page noire de notes. Le livre donne pour exemple un poème de Robert Browning, «Ma dernière duchesse».

— Ah ! je crois que je l'ai lu, celui-là, dit Fiona

tout en enroulant avec art les nouilles chinoises autour de ses baguettes en plastique. Ce ne serait pas une histoire à faire frémir, un bonhomme qui assassine sa femme?

— C'est ça, dit Klaus. Et voici comment fonctionne le code. Si quelqu'un veut envoyer un message codé à l'aide de ce poème, il mettra pour titre, par exemple, «Ma dernière femme» au lieu de «Ma dernière duchesse». Et le nom du poète deviendra «Obert Browning» au lieu de «Robert Browning».

— Et ça avance à quoi? s'enquit Violette.

— Celui qui reçoit le poème et qui connaît le code repère les erreurs. Il lui suffit de retrouver les lettres et les mots d'origine pour découvrir le message.

— Duchesse... R? s'étonna Fiona. Tu appelles ça un message?

— Je n'en sais pas plus, avoua Klaus. La page suivante manque.

— Peut-être qu'une page manquante fait partie du code aussi? suggéra Violette.

Klaus haussa les épaules en signe d'ignorance.

— Va savoir. Les messages codés, ce n'est jamais qu'une façon de dire les choses en s'arrangeant pour que certains comprennent et d'autres pas. Tu te souviens, quand on a voulu parler à Quigley, dans la caverne, avec tous les scouts des neiges qui écoutaient?

— Oui, dit Violette. On a choisi des mots qui commençaient par S.N.P.V., et ça nous a permis de savoir qu'on était du même côté, tous les trois.

— Ce serait peut-être une idée de nous inventer un code entre nous, proposa Fiona. Pour communiquer en cas de pépin.

— Génial, approuva Klaus. Quel genre de mots utiliser, à votre avis ?

— Miam, suggéra Prunille.

— Bien trouvé ! dit Violette. On va dresser une liste de choses qui se mangent, et décider du sens caché de chaque mot. Il nous suffira d'amener ces mots dans la conversation, mine de rien, et nos ennemis ne devineront jamais qu'en réalité nous serons en train de communiquer.

— Et nos ennemis pourraient ne pas être bien loin, dit Fiona, passant les nouilles chinoises à Violette et rouvrant son enveloppe. Dans cette enveloppe, reprit-elle, il y avait une lettre. En principe, je ne lis jamais le courrier qui ne m'est pas adressé, mais il y a peu de chances que cette lettre arrive un jour entre les mains de Gregor Amberlu.

— Gregor Amberlu ? s'écria Violette. Le fondateur de l'Aquacentre ? Et qui donc lui écrivait ?

— Une femme prénommée Kit, répondit Fiona. Ça doit être Kit Snicket, la sœur de Jacques.

— Sûrement, dit Klaus. Ton beau-père a dit que c'était une âme noble. Un cœur brave et généreux.

Et qu'elle a contribué à bâtir le *Queequeg*.

— D'après sa lettre, poursuivit Fiona, Gregor Amberlu était impliqué dans une sombre histoire de «schisme». Vous avez une idée de ce que c'est, un schisme?

— Vaguement, dit Klaus. Une espèce de méga bisbille. Il y en a eu un, très grave, au sein de S.N.P.V. Quigley nous en a un peu parlé.

— Une sorte de grande cassure, se souvint Violette. Un peu comme un divorce, mais entre une foule de gens, et chacun se range d'un côté ou de l'autre. Pour S.N.P.V., certains ont suivi Olaf et sa clique, d'autres se sont montés contre lui. Et maintenant tout le groupe est complètement désorganisé. De quel bord était-il, Gregor?

— Difficile à dire d'après cette lettre, répondit Fiona, le front soucieux. Toute une partie a l'air codée, et l'autre a un peu trop fait trempette. Je suis loin de tout comprendre, mais il semblerait que Gregor ait pris part à un programme de valorisation de distillat de champignon.

— Un «distillat», c'est une sorte d'extrait, réfléchit Klaus à voix haute. Et «valorisation», c'est quand on essaie de tirer un bien de quelque chose.

— Apparemment, oui, c'est ça, dit Fiona. D'après cette lettre, au moment du schisme, Gregor Amberlu aurait pensé que la fausse golmotte médusoïde pouvait être utile à je ne sais quoi...

— Ce truc vénéneux ? dit Violette avec un regard de biais pour la sinistre armée à chapeaux toujours massée à l'entrée de la petite salle sous-marine, ses mouchetures noires plus menaçantes que jamais. Je le vois mal se rendre utile !

— Justement, écoutez ce qu'en dit Kit dans cette lettre. *«Ce champignon mortel que vous tenez absolument à cultiver dans la grotte ne nous vaudra à tous que des misères. Notre usine de la route des Pouillasses peut certes fabriquer une certaine quantité d'antidote à ces toxines qui s'attaquent aux voies respiratoires, et vous m'assurez que ce champignon préfère les espaces confinés, mais je n'en suis pas pour autant rassurée. Une seule erreur de manipulation, Gregor, et tout votre établissement devrait être entièrement abandonné. Je vous en supplie, ne devenez pas ce que vous redoutez le plus au monde en adoptant la tactique destructrice de nos adversaires les plus vils : celle qui consiste à jouer avec le feu.»*

— Si je comprends bien, dit Klaus qui transcrivait dans son calepin, à toute vitesse, la lettre de Kit Snicket, Gregor cultivait ces champignons pour s'en servir d'arme contre les ennemis de S.N.P.V.

— Il comptait empoisonner les gens ? s'effara Violette.

— Des criminels, rappela Fiona. Mais Kit était d'avis que les combattre au moyen de champignons vénéneux, c'était tout aussi criminel. Ils essayaient d'extraire les toxines dans une usine située je ne sais où, sur une route des Pouillasses. Et de fabriquer un contrepoison. Mais celle qui a écrit cette lettre trouvait quand même l'idée malsaine, et elle prévenait Gregor que la moindre fausse manœuvre risquait de contaminer tout son centre de recherche.

— Et aujourd'hui le centre a disparu, dit Violette, mais les champignons sont toujours là. Il a dû se passer des choses, très exactement là où nous sommes.

— Tout ça me paraît bien confus, dit Klaus. Gregor, il était de quel bord ? Du côté des scélérats ?

— Je crois surtout qu'il était versatile, répondit Fiona. Versatile et imprévisible, comme la fausse golmotte médusoïde. Et la personne qui a écrit cette lettre est d'avis que cultiver quelque chose de versatile et d'imprévisible, c'est jouer avec le feu.

Violette posa à terre l'aquarium de nouilles chinoises et réprima un frisson. «Jouer avec le feu» est une expression banale, qui peut s'appliquer, en gros, à toute activité risquée, comme écrire à une personne versatile ou s'aventurer au fond d'une caverne marine infestée de champignons vénéneux, à la recherche d'un objet que quelqu'un est déjà venu reprendre. Et les enfants Baudelaire aimaient mieux ne pas songer à ce feu avec lequel ils jouaient à l'instant même, ni à tous les feux avec lesquels d'autres avant eux avaient pu jouer dans cette étrange salle sous-marine.

Les enfants se turent. Durant quelques minutes, les yeux sur les champignons tueurs – pieds élancés et chapeaux plats –, ils s'absorbèrent dans leurs pensées. Ils s'interrogeaient sur la fin tragique de cet Aquacentre Amberlu; ils s'interrogeaient sur ce schisme et ce qui avait pu le provoquer; mais surtout ils s'interrogeaient sur les terrifiants mystères qui les encerclaient depuis si longtemps et se resserraient sur eux. Les sinistres personnages qui semblaient en être la source seraient-ils jamais hors d'état de nuire?

— Ratatin, dit soudain Prunille.

Et les trois grands virent qu'elle disait vrai. Le régiment chapeauté paraissait avoir rétréci, et çà et là on pouvait voir un pied se racornir, un chapeau toucher le sable et s'y dissoudre, comme si l'ennemi avait décidé de changer de stratégie, expression signifiant ici «terroriser les enfants au moyen d'une nouvelle tactique».

— Tu as raison, Prunille, dit Klaus soulagé. Oui, la fausse golmotte médusoïde commence à décroître. D'ici peu, on devrait pouvoir repartir vers le *Queequeg*.

— Son cycle n'aura pas été très long cette fois, dit Fiona, griffonnant une note dans son calepin. À votre avis, ça fait combien de temps qu'on est ici?

— Toute une nuit, au moins, répondit Violette qui dépliait la coupure de journal découverte par Prunille. C'est une chance qu'on ait déniché tous ces trucs pour s'occuper, sans quoi on aurait trouvé le temps long.

— Mon grand frère avait toujours sur lui un paquet de cartes, se souvint Fiona. Pour n'être jamais coincé nulle part les mains vides. Il avait inventé un jeu qu'il appelait la Folie de Fernald, il y jouait avec moi chaque fois qu'il fallait poireauter.

— Fernald ? répéta Violette. C'était le nom de ton frère ?

— Oui. Pourquoi ?

— Oh, comme ça, pour rien, répondit Violette, repliant en hâte le bout de papier journal pour le fourrer dans sa poche de scaphandre, en compagnie de la boîte de wasabi.

— Tu ne nous dis pas ce qu'il y a dans cet article ? s'étonna Klaus. J'ai vu S.N.P.V. dans le titre.

— Bof, rien d'intéressant, dit Violette. C'est trop détrempé pour être lisible, de toute façon.

— Hum, fit Prunille, avec un regard en coin vers son aînée ; autrement dit : « Hum. »

La petite connaissait la grande depuis le premier jour de sa vie, bien sûr, et elle aurait su dire les yeux fermés quand son aînée mentait. Violette rendit son regard à Prunille, puis elle croisa celui de Klaus et elle fit non de la tête très, très discrètement.

— Si nous nous préparions au départ ? suggérat-elle bien haut. À la cadence où ces champignons se rabougrissent, le temps de rassembler ce que nous voulons emporter et de revisser nos casques, je crois qu'ils auront complètement disparu.

Fiona sauta sur ses pieds.

— Tu as raison. Viens, Prunille, je vais t'aider à rentrer dans ton casque. C'est le moins que je puisse faire, après ce bon repas que tu nous as préparé.

— Chevalri, répondit Prunille ; autrement dit : «Merci, c'est très aimable à toi.»

Fiona avait beau ne connaître Prunille que depuis fort peu de temps, elle saisit le sens général du message et dédia un beau sourire au trio. Et, tandis que les quatre volontaires achevaient de se harnacher, mot signifiant ici «visser sur leur tête leur casque de scaphandre», les jeunes Baudelaire se disaient que Fiona leur allait comme un gant – en tant qu'amie, voire davantage. Il leur semblait que Fiona et eux faisaient partie d'une même équipe, d'une même confrérie œuvrant dans un même but : résoudre les mêmes mystères et neutraliser les mêmes scélérats.

Du moins, c'est ce qu'il semblait aux deux cadets Baudelaire. Violette, pour sa part, se sentait plus incertaine, un peu comme si Fiona n'était pas tout à fait le bon gant, comme si leur amitié souffrait d'une petite fissure – un soupçon de faille, un embryon de schisme.

Tout en vérifiant si son casque était bien ajusté, en s'assurant que la glissière de son uniforme était hermétiquement tirée par-dessus le portrait d'Herman Melville, Violette perçut le froissement léger du papier journal dans sa poche et elle se rembrunit. Tout le temps qu'il fallut attendre de voir disparaître le dernier des champignons, elle garda le silence, la mine sombre, et c'est la mine sombre qu'elle suivit les autres, marchant comme sur des œufs, sur la pente de sable mouillé.

Puis les quatre enfants, sans un mot, s'avancèrent dans l'eau glacée. Sachant qu'ils allaient à contre-courant, ils avaient résolu de se tenir par la main, afin de rester réunis durant cette expédition à haut risque. Et, comme ils se lançaient à l'aveuglette – Klaus ouvrant la voie, Fiona lui tenant la main, Violette tenant la main de Fiona, le casque contenant sa petite sœur bien calé sous l'autre bras –, l'aînée des Baudelaire songeait au noir secret enfoui au creux de sa poche étanche et elle se disait qu'étrangement, même au fond des océans, on pouvait jouer avec le feu.

L'épouvantable information semée par cette coupure de presse était comme une spore minuscule en train de germer dans l'esprit de Violette – pareille à celle du champignon tueur qui germait à l'instant même dans le casque de scaphandre de l'un des enfants Baudelaire.

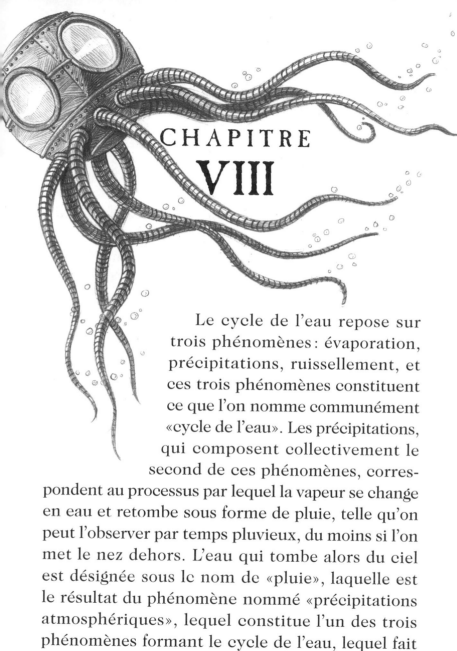

CHAPITRE
VIII

Le cycle de l'eau repose sur trois phénomènes : évaporation, précipitations, ruissellement, et ces trois phénomènes constituent ce que l'on nomme communément «cycle de l'eau». Les précipitations, qui composent collectivement le second de ces phénomènes, correspondent au processus par lequel la vapeur se change en eau et retombe sous forme de pluie, telle qu'on peut l'observer par temps pluvieux, du moins si l'on met le nez dehors. L'eau qui tombe alors du ciel est désignée sous le nom de «pluie», laquelle est le résultat du phénomène nommé «précipitations atmosphériques», lequel constitue l'un des trois phénomènes formant le cycle de l'eau, lequel fait un peu ritournelle. De ces trois phénomènes, les précipitations représentent le second et ron et ron, particulièrement si l'on a pris soin de mentionner d'abord le premier, et le troisième vient ensuite. «Précipitations atmosphériques» est le terme désignant la retombée de l'eau en provenance de l'atmosphère, par exemple sous forme de pluie, telle qu'on peut l'observer lorsqu'on se risque dehors au moment d'une averse. La pluie est constituée d'eau, laquelle se présentait originellement sous forme de vapeur, mais a subi un processus connu sous le nom de «précipitation» et ron et ron, et les précipitations ainsi définies correspondent à l'un des trois phénomènes constituant le cycle de l'eau, et à ce stade vous êtes sans doute profondément endormi, de sorte que vous seront épargnés les lugubres détails de mon récit où l'on voit Violette, Klaus et Prunille Baudelaire regagner à grand-peine, en compagnie de Fiona, le sous-marin *Queequeg* bloqué non loin de l'entrée de la grotte Gorgone.

Les enfants comprirent que quelque chose n'allait pas à la seconde même où, frappant à l'écoutille, ils ne reçurent aucune réponse.

Le trajet du retour avait été une lutte héroïque. Nager contre le courant n'a jamais été facile, pas même en eau tiède et sous un grand soleil, mais lorsqu'on nage en farandole c'est plus malaisé encore, puisqu'on n'a que ses jambes pour se propulser. Klaus, à l'avant, ramait vigoureusement de son bras unique, tant pour avancer que pour s'assurer qu'ils n'allaient pas franchir l'étranglement sans le savoir et manquer le sous-marin ou emboutir quelque obstacle embusqué là. Fiona tremblait comme une feuille, et Violette sentait sa main se crisper dans la sienne. Quant à Prunille, recroquevillée dans son casque, elle n'y voyait goutte ni n'entendait goutte – et le mot «goutte», ici, est sans rapport avec l'eau et signifie simplement «rien du tout». Mais, tout comme ses aînés, Prunille se concentrait sur l'idée d'arriver à bon port, et l'expression «bon port», ici, n'a rien à voir avec un abri pour bateaux, elle désigne simplement le *Queequeg*.

Bref, bref, bref, les quatre enfants s'étaient fait une fête d'entendre la voix tonitruante du capitaine Virlevent leur souhaiter – Aye! – la bienvenue à bord, au retour de leur mission. Peut-être Phil aurait-il préparé un bon repas chaud, même sans le secours précieux de Prunille? Et peut-être le téléscripteur aurait-il reçu une dépêche toute fraîche, quelque bonne nouvelle capable de les remettre sur la piste de ce sucrier, afin que tous leurs efforts n'aient pas été vains?

Mais lorsque Klaus, enfin, eut mené la petite équipe saine et sauve jusqu'à l'écoutille, aucune voix tonitruante ne leur souhaita la bienvenue.

Après avoir frappé longuement, les enfants rongés d'angoisse durent ouvrir l'écoutille eux-mêmes, tâche difficile face à un battant guère plus consentant qu'une huître. Puis ils se coulèrent à toute vitesse à l'intérieur, refermant en hâte derrière eux. Leur inquiétude redoubla lorsqu'ils constatèrent que nul n'avait activé le système de sas, si bien que toute l'eau qui s'était engouffrée avec eux s'était précipitée – avant eux – au bas de l'échelle, là où le capitaine avait accueilli le trio Baudelaire deux jours plus tôt. Cette eau, ils l'entendaient clapoter sous eux tandis qu'ils descendaient les échelons. Muets, ils guettaient la fureur du capitaine – «En voilà un chantier! Aye! La valve est détraquée!» – ou un commentaire joyeux de Phil: «Il faut voir le bon côté des choses! Ça nous fait un petit bassin lave-pieds!»

Mais rien ne vint.

— Capitaine Virlevent? appela Violette, la voix étouffée par son casque.

— Beau-papa? lui fit écho Fiona, d'une voix non moins étouffée.

— Phil? appela Klaus.

— Dubato? appela Prunille.

Mais personne ne répondit, personne ne fit de commentaire sur le seau d'eau embarqué à bord et, lorsqu'ils atteignirent le bas de l'échelle et le réduit mal éclairé, personne ne vint les accueillir.

— Beau-papa? répéta Fiona.

Mais on n'entendait que le clapot de l'eau clandestine, tapie en immense flaque sur le plancher.

Sans prendre le temps de retirer leurs casques, les quatre enfants traversèrent la flaque et se hâtèrent le long du boyau en direction de la grande salle, sans un regard pour la plaque affichant la philosophie personnelle du capitaine.

La pièce était toujours aussi vaste, et toujours aussi encombrée d'un hallucinant fatras de tubulures, de tableaux de bord et d'écrans – si ce n'est qu'à mieux y regarder elle semblait un brin rangée, et un peu décorée aussi, curieusement, autour de la grande table où avait été dégustée la chaudrée et préparé le voyage vers la grotte Gorgone. Attachés à quatre chaises, quatre petits ballons bleus flottaient, légers, et chacun d'eux portait une grosse lettre tracée à l'encre noire. Le premier s'ornait d'un *S*, le second d'un *N*, et il faudrait être aussi bouché que les écoutilles d'un sous-marin en plongée pour ne pas deviner de quelles lettres s'ornaient les deux autres.

— À votre avis, risqua Violette, c'est un message codé ?

— Les messages codés, on n'en a rien à faire ! réagit Fiona, la voix tendue à l'intérieur de son casque. Moi, ce que je veux, c'est mes compagnons de bord. Il faut les retrouver !

Les enfants balayèrent la pièce des yeux, apparemment aussi déserte que la grotte Gorgone. Sans la formidable présence du capitaine Virlevent – et ici «formidable» signifie «imposante, tant par le format du personnage que par son tempérament ardent et la puissance de ses cordes vocales» –, la grande salle semblait plus dépeuplée que le désert du Sahara.

— Ils sont peut-être à la cuisine, suggéra Klaus qui n'en croyait rien, ou peut-être en train de faire une sieste.

— Une sieste? se récria Violette. Ils avaient dit qu'ils garderaient l'œil sur nous tout le temps!

Fiona fit un pas en direction de la cuisine, mais elle s'arrêta net, les yeux sur la grande table.

— Leurs casques ne sont plus là! Ils les laissent toujours sur la table, aussi bien Phil que mon beau-père, en cas d'urgence. (Elle passa la main sur le bois ciré, comme pour faire réapparaître ces casques.) Ils sont partis, reprit-elle d'une voix blanche. Ils ont quitté le bord.

— Tu penses bien que non, dit Klaus incrédule. Notre mission était risquée, ils le savaient. Jamais ils ne nous auraient laissés en plan comme ça.

— Peut-être ont-ils cru que nous ne reviendrions pas? dit Fiona.

— Non, dit Violette, indiquant le sonar. Ils pouvaient nous voir, tu sais bien: nous étions quatre points verts sur l'écran.

Et tous les quatre inspectèrent l'écran, à la recherche de deux points verts – Phil et le capitaine.

— Ils sont partis, répéta Fiona. Et ils avaient sûrement une bonne raison.

— Mais laquelle ? insista Klaus. Tu penses bien qu'ils nous auraient attendus. Quoi qu'il arrive.

— Non, dit Fiona d'une petite voix triste en enlevant son casque, et Klaus vit ses yeux luire de larmes. Non. Mon beau-père n'attend jamais. Quoi qu'il arrive. Jamais il n'hésite. Celui ou celle qui hésite...

— ... est perdu, compléta Klaus, et il lui pressa l'épaule.

— Peut-être ne sont-ils pas partis de leur plein gré, suggéra Violette. Peut-être que quelqu'un les a emmenés...

— Emmené l'équipage, dit Klaus sceptique, et laissé quatre petits ballons bleus à la place ?

— C'est une énigme, convint Violette. Mais celle-là, j'en suis sûre, nous pouvons la résoudre. Enlevons ces casques et au travail !

Klaus retira son casque et le déposa au sol à côté de celui de Fiona. Violette en fit autant, puis elle se tourna vers celui qui contenait Prunille, afin de libérer sa petite sœur qui attendait sagement, comme un poussin dans sa coquille d'œuf.

Mais la main de Violette n'atteignit pas le casque. Fiona lui saisit le bras et, sans mot dire, désigna le hublot derrière lequel était blottie la petite.

Un certain nombre de choses au monde sont assez malaisées à voir. Un glaçon dans un verre d'eau, par exemple, peut passer inaperçu, surtout un glaçon pas plus gros qu'un dé dans un verre capable de contenir tout un banc de requins pèlerins. Une dame de petite taille est difficile à repérer dans une rue noire de monde, surtout si elle s'est déguisée en boîte aux lettres. Et un petit récipient de faïence doté d'un couvercle hermétique, idéal pour camoufler un élément minuscule et crucial, est difficile à dénicher dans la laverie d'un immense hôtel, surtout lorsqu'un dangereux criminel rôde alentour, ce qui a tendance à vous déconcentrer.

Mais il existe aussi des choses extrêmement difficiles à voir non point parce qu'elles sont transparentes, ni très petites, ni camouflées, ni parce que rôde alentour un sinistre individu avec des allumettes en poche et un plan diabolique en tête, mais parce qu'elles sont si contrariantes, si perturbantes et inacceptables que vos yeux refusent de les percevoir alors même que vous les avez sous le nez. Exemple : vous jetez un coup d'œil au miroir et vous ne voyez tout simplement pas combien vous avez vieilli, ou à quel point votre coupe de cheveux vous va mal – jusqu'au moment où une bonne âme se charge de vous en informer. Ou encore, vous revisitez un lieu où vous avez jadis vécu, et vous ne voyez pas combien ce malheureux immeuble a changé, ni à quel point le quartier est devenu sordide – jusqu'au moment où vous faites un tour chez le glacier du coin et découvrez que votre parfum favori n'est même plus en vente. De même, vous pouvez regarder le petit hublot rond d'un casque de scaphandre et ne pas voir que des champignons à chapeau gris commencent à se développer sur la vitre – jusqu'à ce que quelqu'un, tout bas, murmure un affreux nom latin.

— *Amanita gorgonoïdes*, prononça Fiona tout bas, et les aînés Baudelaire, clignant des yeux, virent ce qu'ils n'avaient pas vu.

— Oh non, souffla Violette. *Oh non!*

— Il faut la sortir de là ! s'écria Klaus. Vite ! Sortons-la à l'air libre, elle va se faire empoisonner !

— Surtout pas ! siffla Fiona.

Et, s'emparant du casque sans laisser aux deux autres le temps d'y toucher, elle le déposa sur la table comme elle l'eût fait d'une cocotte, mot signifiant ici «ustensile de cuisine destiné à contenir un ragoût et non une petite fille terrorisée, enfermée dans un accessoire conçu pour la plongée sous-marine».

— Au moins, déclara-t-elle, ce casque évite la contamination. Si nous l'ouvrions, le champignon se répandrait partout. Le sous-marin entier en serait infesté.

— Mais on ne peut pas laisser notre petite sœur là-dedans ! protesta Violette. Les spores vont l'empoisonner !

— Elle est sans doute déjà contaminée, déclara Fiona d'une voix plate. Dans un espace clos comme l'intérieur de ce casque, je ne vois pas comment elle y aurait échappé.

— Ce n'est pas vrai, dit Klaus, refusant d'y croire.

Et il retira ses lunettes, comme pour ne plus voir l'horreur de la situation. Mais celle-ci, non contente de sauter aux yeux des enfants, vint alors leur frapper les oreilles sous forme d'un petit son étouffé provenant de l'intérieur du casque – un son qui rappelait à Klaus et Violette les bruits émis par les poissons à la surface des eaux de la Frappée. Prunille commençait à tousser.

— Prunille! cria Klaus à travers la vitre du casque.

— Malato, répondit Prunille d'une pauvre petite voix; autrement dit: «Je ne me sens pas très bien.»

— Ne parle pas, Prunille! lui conseilla Fiona, et elle se tourna vers les aînés. La fausse golmotte médusoïde s'attaque au système respiratoire, expliqua-t-elle. C'est ce que disait cette lettre. Votre sœur ferait mieux d'économiser son souffle. Parler va lui devenir difficile, et elle va sans doute tousser pas mal, à mesure que le mycélium se propagera dans ses poumons – d'après ce que j'ai compris, en tout cas. Dans une heure, pas beaucoup plus, elle devrait suffoquer, tant ce mycélium se développe vite. Si ce n'était pas aussi abominable, ce serait absolument fascinant.

— *Fascinant?* gémit Violette horrifiée, et elle ferma les yeux un instant, s'interdisant d'imaginer ce que devait éprouver sa petite sœur. Mais que faire?

— Préparer un contrepoison, répondit Fiona. Et vite. Il doit y avoir des choses là-dessus dans ma bibliothèque.

— Je vais t'aider, proposa Klaus. Je vais sans doute trouver ces bouquins difficiles à lire, mais...

— Non, coupa Fiona. Il vaut mieux que je sois seule, j'irai plus vite. Violette et toi, pendant ce temps, allez donc relancer les machines, qu'on essaie de sortir de cette caverne.

— On ferait mieux de chercher tous ensemble! s'insurgea Violette. On n'a qu'une heure devant nous, peut-être même pas, si ces spores ont commencé à germer pendant notre trajet de retour...

— En ce cas, on n'a sûrement pas le temps de discuter! trancha Fiona, ouvrant le bahut pour en sortir une pile de gros livres. Je vous ordonne de me laisser seule, que je puisse mener à bien ces recherches et sauver votre petite sœur!

Violette et Klaus échangèrent un regard bref.

— Tu nous *ordonnes?* répéta Klaus abasourdi.

— Aye! répondit Fiona, et c'était bien la première fois qu'elle usait de ce mot devant eux.

C'est moi qui commande, ici. En l'absence de mon beau-père, c'est moi le capitaine du *Queequeg* ! Aye !

— L'important n'est pas qui commande, plaida Violette. L'important, c'est de sauver Prunille !

— Grimpez à cette échelle de corde ! ordonna Fiona. Aye ! Lancez ces machines ! Aye ! Nous allons sauver Prunille ! Aye ! Et retrouver mon beau-père ! Aye ! Et ce sucrier ! Aye ! Et ce n'est pas le moment d'hésiter ! Celle qui hésite est perdue ! C'est ma philosophie personnelle !

— C'est celle du capitaine, lui dit Klaus. Pas la tienne.

— C'est moi le capitaine ! répéta Fiona, véhémente – et derrière ses verres en triangle, Klaus le voyait, ses yeux étaient noyés de larmes. Faites ce que je vous dis.

Klaus ouvrit la bouche pour répondre, mais il s'aperçut que lui aussi pleurait. Alors, sans un mot de plus, il se détourna vers l'échelle de corde, Violette sur les talons.

— *Elle a tort !* chuchotait son aînée âprement. Tu le sais très bien qu'elle a tort, Klaus. Que faire, oh ! que faire ?

— Lancer les machines. Sortir le *Queequeg* de cette caverne.

— Mais ça ne sauvera pas Prunille. Tu as donc oublié ce que disait ce bouquin ?

— Non, je m'en souviens très bien. «*En une heure, une spore est assez / Pour faire de vous un trépassé.*»

— Heur ? demanda Prunille d'une voix ténue, depuis l'intérieur de son casque.

— Chut ! Prunille, lui dit Violette, économise ton souffle, d'accord ? Nous allons trouver comment te guérir.

— Pas «nous», rectifia Klaus résigné. C'est Fiona le capitaine, à présent, et elle nous a ordonn...

— Je m'en fiche, de ce qu'elle a ordonné, coupa Violette. De toute manière, elle est bien trop imprévisible – bien trop versatile – pour nous tirer de ce mauvais pas. Comme son beau-père. Comme son frère !

Et, plongeant la main dans sa poche, elle en sortit le bout de journal rapporté de la grotte. Ce faisant, sa main effleura la petite boîte de wasabi et elle eut un frisson. Pourvu, oh ! pourvu que Prunille pût guérir et se servir un jour de ce condiment dans une recette de son invention !

— Écoute ça, Klaus, écoute.

— Je ne veux pas écouter ! chuchota Klaus exaspéré. Peut-être que Fiona a raison ! Peut-être que la chose à faire est de ne pas hésiter, surtout en pareille situation ! Hésiter risque de tout aggraver.

— Non, la chose à faire, c'est d'aider Fiona dans ses recherches. Ce qui va tout aggraver, c'est lancer les moteurs !

Mais à cet instant survint de l'imprévu, de l'imprévu qui aggrava tout, et les aînés Baudelaire comprirent qu'ils avaient eu tort l'un et l'autre. La chose à faire n'était pas de lancer les moteurs, elle n'était pas d'aider Fiona dans ses recherches, elle était moins encore de se quereller sur la chose à faire. La chose à faire, la vraie, aurait été de ne plus bouger d'une patte, de ne plus émettre un son et, au lieu de se concentrer sur ce casque dans lequel Prunille subissait l'assaut de l'amanite tueuse, se concentrer plutôt sur le sonar, ou sur le hublot par-dessus la table, œil grand ouvert sur les profondeurs océanes.

Au milieu de l'écran du sonar luisait non seulement la lettre Q familière, celle qui représentait le *Queequeg*, mais une autre de ces choses au monde difficiles à voir, d'autant plus difficile à voir ici qu'elle venait de se superposer très exactement à la lettre Q. Quant au hublot, ce qu'il montrait, c'était un fourmillement de petites bulles autour d'une énorme masse sombre, et au milieu de cette agitation s'ouvrait un immense orifice, pareil à une bouche béante – la gueule d'une poulpe géante prête à engloutir le *Queequeg* et ce qu'il restait de son équipage.

L'image sur l'écran était celle d'un œil, bien sûr, et le monstre au hublot, un submersible. Le tout, les enfants le savaient, se résumait en deux mots : comte et Olaf. Et ces deux mots, à eux seuls, aggravaient les choses singulièrement.

CHAPITRE
IX

Si vous envisagez une carrière de scélérat – ce qui, je l'espère, n'est pas le cas –, il est plusieurs qualités indispensables au succès dans la scélératesse.

La première est la faculté scélérate de ne pas du tout se soucier d'autrui. Elle seule permet au scélérat de s'adresser à ses victimes de la façon la plus grossière, de rester sourd à leurs demandes, de leur faire subir des violences si le scélérat se sent d'humeur à ce genre de sport. La seconde qualité indispensable au scélérat est

une imagination scélérate qui lui permet, à ses moments perdus, de mûrir ses prochains mauvais coups, afin de gravir les échelons de la carrière en haute scélératesse. Troisièmement, il lui faut le talent de recruter d'autres scélérats, juste assez scélérats pour faire de bons complices, mais tout de même pas au point qu'on ne puisse se fier à eux. Et, quatrièmement, le scélérat se doit de mettre au point un rire scélérat, parfois nommé ricanement, qui lui permettra à la fois de célébrer ses scélé-rates victoires et de transir d'effroi les non-scélérats alentour. Oui, tout scélérat digne de ce nom doit disposer de ces atouts, faute de quoi mieux vaut pour lui renoncer à la scélératesse et s'efforcer de mener plutôt une vie de bonté, d'honnêteté et de droiture – ce qui est sans nul doute plus ardu et plus noble, mais fort probablement pas aussi palpitant.

Le comte Olaf, à l'évidence, était un scélérat parfait, comme le savaient fort bien les orphelins Baudelaire depuis le tout premier jour où ils avaient croisé son chemin. Mais lorsqu'ils comprirent que le *Queequeg* se faisait gober tout rond par son confrère géant, ils pressentirent que le scélérat avait encore progressé dans le métier depuis la dernière fois qu'ils l'avaient vu.

Son manque d'égards pour autrui, Olaf en avait fait la preuve bien des fois, tant par son aisance à supprimer quiconque le gênait – de l'oncle Monty

à Jacques Snicket – que par ses penchants d'incendiaire, expression signifiant ici «ardeur à mettre le
feu à toutes sortes de bâtiments, sans se soucier des
personnes pouvant se trouver à l'intérieur». Mais ce
manque d'égards, à l'évidence, s'était encore perfec-
tionné, comme le découvrirent les enfants lorsque
le *Queequeg*, happé par la gueule béante, se mit
à ballotter violemment, obligeant Violette et Klaus
– et Fiona, bien évidemment – à se cramponner à
ce qu'ils pouvaient, tandis que Prunille tournoyait
dans son casque comme un melon dans un lave-
linge.

Son imagination scélérate, le comte en avait fait
la preuve bien des fois, depuis ses combines retorses
pour faire main basse sur l'héritage Baudelaire
jusqu'à ses manigances tordues pour s'emparer des
saphirs Beauxdraps ; mais un coup d'œil au hublot
suffit aux enfants pour découvrir que cette imagination infernale s'était récemment surpassée : tout
au long du tunnel par lequel se faisait aspirer le
Queequeg, la paroi d'acier s'ornait, jusqu'au dernier
centimètre carré, de milliers d'yeux féroces qui
luisaient dans la pénombre.

De même, le comte avait toujours su s'entourer
d'une jolie collection de complices, de la troupe
d'acteurs de ses débuts – dont fort peu étaient
encore en activité – au tout dernier assortiment.
Mais lorsque le *Queequeg*, dans sa course, passa

devant un vitrage, les enfants purent constater qu'il avait désormais à son service bien plus que la clique familière : dans une immense salle bondée, des dizaines de nouvelles recrues tiraient de toutes leurs forces sur des avirons, lesquels actionnaient les tentacules de la pieuvre d'acier.

Mais il y avait pire encore, et les enfants le découvrirent lorsque le *Queequeg*, avec une secousse, s'immobilisa enfin : le scélérat avait peaufiné son rire scélérat pour le faire plus sarcastique que jamais. Oui, le comte Olaf était là, derrière le hublot, campé sur une petite plate-forme, un grand sourire de triomphe aux lèvres. Revêtu d'un uniforme qui ne différait du leur que par le portrait sur l'estomac – celui d'un auteur peu connu, hormis de quelques dévots –, il mit le nez à la vitre, braqua ses petits yeux luisants sur les enfants pétrifiés, et, à gorge déployée, il éclata de ce nouveau rire travaillé comme une œuvre d'art, enrichi de petits sifflements et de syllabes insolites, jusqu'alors inconnues des enfants.

— Ha ha ha hippa-hippa ho ! gloussait le comte Olaf. Ti hi tort tort tort ! Hot tcha ha ha ! Sniggle hi ! Ha ! si j'ose dire !

Il bomba le torse un bon coup et, tirant de sa ceinture un long sabre, il traça vivement de la pointe un large cercle parfait sur le contour du hublot. Le verre crissa si vilainement que Violette et Klaus se bouchèrent les oreilles, mais déjà, d'un coup sec du plat de son épée, Olaf envoyait le cercle de verre ainsi découpé voltiger à l'intérieur et les enfants, muets d'horreur, le virent rouler sur le plancher et s'immobiliser – intact. Alors Olaf, d'un bond de félin, se coula dans la grande salle et se planta sur la table de chêne, ricanant de plus belle.

— Vous ici, les vermisseaux ? Pitié ! Grâce ! Je meurs de rire ! Je me tiens les côtes ! Je m'ébaudis ! Yap-yap Esculape !

Violette se jeta sur le casque renfermant Prunille et le reprit sous le bras, de peur de voir Olaf l'envoyer valser d'un coup de pied. Intérieurement, elle tremblait de rage. Sa petite sœur se débattait contre le poison, et ce monstre leur faisait perdre un temps précieux avec son numéro d'acteur raté !

— Arrêtez de ricaner, comte Olaf, dit-elle. L'ignominie n'a rien de comique !

— Rien de comique ? Au contraire ! C'est la chose la plus plaisante qui soit, ha ha ha queue de rat ! Songez un peu ! Moi qui vous croyais noyés, hachés menu sur des rochers pointus ! Moi qui vous croyais auprès de ces gentils poissons asphyxiés ! Ah ! j'en avais le cœur brisé !

— Le cœur brisé, ça m'étonnerait ! dit Klaus. Vous avez essayé de nous mettre en pièces cinquante fois !

— Justement ! Ho ho trémolo ! J'espérais faire la chose moi-même, une fois votre héritage empoché, bien sûr ! Et vous arracher ce sucrier des mains, morts ou vifs, ouaf ouaf épitaphe !

Violette et Klaus échangèrent un regard angoissé. Ils avaient presque oublié lui avoir assuré qu'ils savaient où se trouvait le sucrier.

— Alors, reprit le scélérat, pour me réconforter un peu, je suis allé retrouver mes confrères à l'hôtel Dénouement. Ils mettaient sur pied un petit projet de leur cru, et je les ai persuadés de me prêter une poignée de leurs nouvelles recrues.

Les enfants ne dirent pas un mot. Ces confrères, ils le devinaient, c'étaient les visiteurs du mont Augur, tellement sinistres qu'Olaf lui-même semblait les craindre un peu. Et les nouvelles recrues ne pouvaient être que les scouts des neiges, enlevés par ces deux-là lors d'un redoutable coup de filet.

— Ti hi salsifis ! glapit Olaf. Grâce à leur générosité, j'ai remis ce submersible à flot. Bien sûr, il faut que je sois de retour à ce cher hôtel avant jeudi, mais ça me laissait deux ou trois jours à tuer, autant en profiter pour faire un sort à quelques vieux ennemis, sni hi hi ci-gît ! Je suis donc allé rôder sous les mers, à la recherche de ce bon Virlevent et de sa casserole sous-marine. Et quand je l'ai repéré sur mon sonar, j'ai foncé sur lui, ti hi tachycardie ! Et voilà ! Le *Queequeg* en poche, pochette surprise : les Baudelaire dedans ! Désopilant ! À se rouler par terre, ouaf ouaf ouaf, clystère !

— Et qui vous a permis d'intercepter ce submersible ? cingla Fiona. C'est moi le capitaine du *Queequeg*. J'exige que vous remettiez ce vaisseau à l'eau sur-le-champ ! Aye !

Le comte Olaf braqua les yeux sur elle.

— «*Aye ?*» singea-t-il. Toi, tu dois être Fiona, la petite mordue de champignons ! Diable ! te voilà toute grandelette ! La dernière fois que je t'avais vue, je m'essayais à un petit lancer de clous dans ton berceau ! Hoï hoï hoï, oï polloï ! Et où est donc Virlevent ? Pourquoi cette vieille girouette n'est-elle plus capitaine ?

— Mon beau-père est momentanément absent, répondit Fiona, clignant des paupières derrière ses lunettes triangulaires.

— Yip yip tournebride ! ricana Olaf. Il t'a larguée, hein ? Sacré beau-père ! Mais bon, ça devait arriver un jour ou l'autre, je dirais. Dans ta famille, on n'a jamais su de quel côté se ranger, ni quel bord choisir. Girouettes, girouettes, vous dis-je. Ton frère aussi, tiens ! Quel gentil garçon c'était ! Un vrai petit saint de bois. Toujours à essayer d'étouffer le feu au lieu de jeter de l'huile dessus. Mais pour finir...

— Mon beau-père ne m'a pas larguée du tout, coupa Fiona.

Mais sa voix fléchit, comme sous le coup de l'incertitude, et elle oublia même d'ajouter «Aye !».

— On verra bien, on verra bien, reprit Olaf avec un petit sourire mauvais. En attendant, vous quatre, au trou ! À la ratière, si vous aimez mieux. Bref, au cachot !

— On le sait, ce que veulent dire ces mots, défia Klaus.

— En ce cas, vous savez aussi qu'il ne s'agit pas vraiment d'une cabine de première classe. Le précédent propriétaire de ce vaisseau y jetait les traîtres, et je ne vois aucune raison de rompre avec la tradition.

— Nous ne sommes pas des traîtres, déclara Violette. Et nous ne quitterons pas le *Queequeg*.

Du fond de son casque, sous le bras de son aînée, Prunille voulut dire quelque chose, mais elle fut prise d'une quinte de toux. Olaf fronça son sourcil unique et se pencha vers ce casque toussant.

— Ben v'là aut'chose... c'est quoi, ça ?

— C'est Prunille, répondit Violette. À l'intérieur. Elle est très malade.

— Hiaf ! pouffa Olaf. Je me disais bien, aussi, où est donc cette petite larve ? J'espérais vaguement que c'était elle, là, sous ma semelle, mais déception : ce n'est qu'un stupide bouquin !

Et, de la pointe de sa botte, il retourna le stupide bouquin, *Secrets intimes des champignons*, que Fiona avait entrepris de consulter, puis l'envoya voltiger à l'autre bout de la pièce.

— Il y a un poison mortel à l'intérieur de ce casque, l'informa Fiona avec un accent de rage, suivant des yeux le livre martyr. Aye ! Et si Prunille ne reçoit pas de contrepoison très bientôt, elle est perdue.

— Ah, c'est bien triste ! railla Olaf, affichant une fois de plus son manque d'égards pour autrui. Mais moi, les Baudelaire, un seul me suffit pour empocher l'héritage. Bon, et maintenant suivez-moi, hi hi hi jacadi !

— Nous ne bougerons pas d'ici, décréta Klaus. Il y va de la vie de notre petite sœur.

Le comte Olaf dégaina son sabre et traça dans l'air un signe mystérieux.

— Vos vies ? Je vais vous le dire, moi, à quoi elles tiennent ! À moi, point à la ligne ! Libre à moi de vous livrer aux requins, libre à moi de vous faire étrangler ! Et si je vous jette au cachot au lieu de vous jeter à l'eau, c'est un peu parce que ça m'arrange, mais surtout parce que j'ai le cœur bon !

À l'intérieur du casque, Prunille se remit à tousser. Violette réfléchit avec fièvre et s'entendit prononcer :

— Si vous nous laissez sauver notre petite sœur, nous vous dirons où est le sucrier.

Le comte Olaf plissa les paupières et grimaça de ce sourire aux dents jaunes que les enfants connaissaient si bien. Ses prunelles se mirent à luire, comme chaque fois qu'il se délectait de son propre humour, pourtant aussi douteux que son haleine.

— Aha ! Et vous croyez peut-être qu'on me joue le même tour deux fois ? Que nenni ! Terminé ! Plus question de marchander avec une orpheline, même jolie comme un cœur ! Et d'ailleurs, au cachot, vous me le direz gratis, où se trouve ce sucrier ! Attendez donc de faire causette avec mon homme de main ! Ou peut-être devrais-je dire... avec mon homme de crochets ? Ti hi hi, chatouillis !

Et, d'un bond à l'élégance calculée, il ressortit par le hublot.

Violette et Klaus échangèrent un regard terrifié. L'homme aux crochets ! De tous les sbires d'Olaf, c'était sans doute le pire. Et, pour avoir eu affaire à lui bien des fois, les enfants le connaissaient mieux que tous les autres réunis.

— Si je grimpais vite là-haut chuchota Violette aux autres, pour lancer les moteurs ?

— Repartir en plongée ? souffla Fiona. Pas avec ce hublot troué ! On coulerait à pic.

— Mais... et Prunille ? s'affola Klaus. L'heure tourne !

— Je vais prendre mon bouquin, décida Fiona, indiquant du menton le fond de la salle, et comme ça...

— *Je vous attends !* prévint le comte Olaf au-dehors. Et je ne vous attendrai pas cent sept ans !

J'ai des ordres à distribuer, moi !

Violette gagna le hublot, le casque renfermant Prunille sous son bras, et Klaus l'imita à contrecœur.

— Aye ! répondit Fiona bien haut, esquissant un pas vers *Secrets intimes des champignons*, et elle ajouta très bas : Je vous rejoins dans une seconde !

— Tu les rejoins im-mé-dia-tement ! rugit le comte qui avait l'oreille fine. Celui qui hésite est perdu !

À ces mots, avec un soupir, Fiona renonça à récupérer son grimoire.

— Ou celle, rectifia-t-elle machinalement et, résignée, elle gagna le hublot à son tour.

— En route pour le cachot ! annonça gaillardement le comte Olaf, ouvrant la voie à travers le garage dans lequel le *Queequeg* était lui-même au cachot. Et, comme je suis bon, je vais vous offrir en même temps une petite visite guidée !

Dans le fond d'eau destiné au transit du sous-marin captif, les bottes des enfants faisaient de grands *floc-floc* tandis qu'ils suivaient leur guide. Sur fond de quinte de toux de Prunille, Olaf mit l'œil à un judas et, avec un vilain chuintement, une petite porte blindée s'ouvrit sur un couloir bien éclairé.

— Ce sous-marin est à coup sûr l'un de mes plus grandioses larcins, fanfaronna le comte Olaf.

Avec tous ses équipements, j'ai de quoi venir à bout enfin de ces gentils S.N.P.V. Grâce à son fabuleux sonar, je vais pouvoir nettoyer les mers de ce qui reste de leur flotte. Avec son fabuleux chasse-mouches, je vais pouvoir déblayer les airs de leurs derniers engins volants. Avec sa réserve d'allumettes, j'ai de quoi débarrasser le monde de leurs tout derniers Q. G. Avec sa jolie petite cave à vin, ma douce soif sera étanchée, et ses placards débordants de fringues ont de quoi ravir ma chère et tendre. Mieux, il offre toutes sortes d'activités pour de jeunes bras manquant d'exercice ! Hé hé hé hédonê !

À grands moulinets de sabre, il mena les enfants jusqu'à la salle voisine, celle qu'ils avaient entra-perçue lorsque le *Queequeg* s'était fait gober comme une olive dénoyautée. C'était un immense espace sombre, tout juste éclairé de quelques lanternes pendues aux piliers du pourtour, mais ce clair-obscur suffisait pour deviner le reste. Sur des rangées de bancs répartis de chaque côté d'une allée centrale – des bancs de bois bien durs – s'ali-gnaient des dizaines d'enfants, tous occupés à tirer avec force sur des rames de longueur démesurée, dont les extrémités disparaissaient à travers la paroi, actionnant manifestement les tentacules de la pieuvre d'acier. Les enfants Baudelaire eurent tôt fait de repérer des visages vaguement familiers

– ceux de scouts des neiges récemment croisés dans les monts Mainmorte, par exemple, et d'autres qui ressemblaient étrangement à d'anciens collégiens de Prufrock. D'autres enfin étaient pour eux de parfaits inconnus, expression signifiant ici «enfants qu'Olaf et ses sbires avaient dû kidnapper ailleurs». Tous semblaient épuisés, affamés, accablés, et passablement las de tirer sur ces avirons. Au centre de la salle se tenait une étrange forme, une pieuvre apparemment, en ciré de scaphandre. À mieux y regarder, six de ses tentacules pendaient mollement tandis que deux d'entre eux s'agitaient dans les airs, maniant ce qui ressemblait fort à une longue nouille cuite.

— Plus vite, bande de petits mollusques! grinça une voix connue. Retour prévu jeudi à l'hôtel Dénouement, et on est déjà lundi! Accélérez le mouvement, ou gare à ma *tagliatelle grande*! Elle est gluante à souhait, croyez-moi, ha ha médusa!

— Hi hi viscosi! approuva Olaf, et la pieuvre fit volte-face en glapissant:

— Chéri!

Les enfants Baudelaire ne furent pas surpris. C'était bien Esmé d'Eschemizerre dans l'une de ses tenues ridicules. En dépeçant plusieurs uniformes, elle s'était confectionné une espèce de robe à l'allure d'une pieuvre, avec deux gros yeux en plastique, six manches supplémentaires et des ventouses à ses bottes, pareilles à celles que les vraies pieuvres portent sur leurs tentacules. Elle fit quelques pas en direction du comte Olaf, puis cligna des yeux vers les enfants sous sa capuche de céphalopode.

— Mais... ce ne sont pas les Baudelaire, tout de même ? Je croyais qu'ils avaient bu le grand bouillon ?

— Ils ont refait surface, finalement, dit Olaf. Et ça vaut mieux, puisqu'il m'en faut un... Mais leur bonne étoile vient de les lâcher. Tel que tu me vois, je les mène au cachot !

— C'est fou ce que la petite a grandi, reprit Esmé, ses yeux de myope sur Fiona. Mais elle n'a pas embelli, ça non.

— Attends, tu fais erreur, dit Olaf. La petite, elle est dans ce casque, elle tousse à en cracher ses poumons mignons... Non, là, celle que tu vois, c'est Fiona, la fille adoptive de Virlevent. Il l'a plaquée.

— Tu veux dire abandonnée ? s'extasia Esmé. Oh ! que c'est beau. C'est très mode. Très, très tendance ! Ça vaut un coup de mon nouveau rire ! Ha ha ha bélouga !

— Pfou pfou pfou tofu ! s'esclaffa Olaf. Le monde s'améliore de jour en jour !

— Hi hi nikiri ! gloussa Esmé. Notre triomphe est proche !

— Tiaf tiaf cénotaphe ! S.N.P.V. sera bientôt réduit en cendres à tout jamais !

— Hé hé nitsumé ! renchérit Esmé. Nous aurons des sous à ne savoir qu'en faire !

— Hourra curcuma ! coqueriqua Olaf. Et jamais le monde n'oubliera le nom de ce glorieux submersible !

— Il s'appelle comment ? s'enquit Fiona.

Au grand soulagement des enfants, les deux crapules cessèrent de ricaner bêtement. Olaf foudroya du regard la jeune mycologue, baissa le nez et laissa tomber :

— Il s'appelle le *Carmelita*. Je voulais le baptiser *Comte Olaf*, mais on m'a obligé à changer.

— *Comte Olaf*, c'est un nom pifgalette ! lança une voix aigre que les enfants Baudelaire avaient espéré ne plus jamais entendre.

Et je suis au regret de dire que Carmelita Spats fit son apparition sur un pas de danse, avec un petit sourire de mépris pour Violette et Klaus au passage. Carmelita faisait partie de ces enfants gâtés-pourris qui se prennent pour la huitième merveille du monde, et il sautait aux yeux qu'entre les mains d'Olaf et d'Esmé elle était devenue plus odieuse que jamais. Sa tenue en disait long, pire encore que celle d'Esmé et rose de la tête aux pieds, d'un cocktail de roses si criard qu'il vous en faisait mal aux yeux. Un tutu de ballerine rose perruche la déguisait en toupie, et son front s'ornait d'un diadème rose dentifrice. Elle avait deux ailes rose écrevisse collées dans le dos, deux cœurs rose «gomme balloune» peinturlurés sur les joues et deux petits souliers rose foie de veau qui faisaient *clap! clap!* à chacun de ses pas. Un peu surprenant était le stéthoscope à son cou, pareil à ceux des médecins – à ce détail près que le sien était décoré de houppettes à poudre rose crabe –, et plus surprenante encore la longue baguette rose verre de terre qu'elle tenait à la main, avec une étoile rose crevette au bout.

— Arrêtez de me regarder avec ces yeux ronds! ordonna-t-elle aux enfants. La vérité, c'est que vous êtes jaloux. Jaloux de me voir en princesse-fée-ballerine-vétérinaire!

— Tu es adorable, mon lapin, roucoula Esmé, tapotant le diadème. N'est-ce pas qu'elle est craquante, Olaf?

— Moui, marmotta Olaf. J'aimerais bien que tu me préviennes, quand même, Carmelita, avant de fouiner dans ma malle à déguisements.

Carmelita battit des cils – des cils tout enduits de paillettes rose bonbon – et plaida d'un ton geignard:

— Mais tu comprends, oncle Olaf, il me les fallait, tes déguisements, pour mon récital de princesse-fée-ballerine-vétérinaire!

Sur les bancs de nage – ainsi se nomment les bancs des rameurs – s'élevèrent des gémissements.

— Oooh non ! plaida un scout des neiges. Ils durent des heures, ses récitals.

— Pitié ! implora un autre. C'est tellement galère !

— Carmelita Spats est le plus grand talent de ce siècle, coassa Esmé, faisant tournoyer sa nouille géante au-dessus des têtes. Vous devriez la remercier de se produire pour vous ! Ça vous aidera à ramer !

— Beurk, fit Prunille dans son casque, comme si l'idée de voir danser Carmelita Spats la rendait plus malade encore.

Violette et Klaus échangèrent un regard. L'heure tournait. Que faire ?

— Euh, improvisa Klaus, je crois que nous avons une cape rose à bord du *Queequeg*. Je peux courir aller la cherch...

— Tu crois que j'en veux, de tes vieux chiffons, pifgalette ? cingla Carmelita. Une princesse-fée-ballerine-vétérinaire, tu crois que ça s'habille au marché aux puces ?

— Qu'elle est vive ! s'émerveilla Esmé. Moi qui rêvais tant d'adopter, sans jamais pouvoir le faire – excepté vous, bien sûr, les Baudelaire. Mais je ne vous ai jamais beaucoup aimés.

— Tu restes ici pour me regarder, oncle Olaf ? demanda Carmelita. Ça va être un spectacle unique au monde.

— Euh non, trop de boulot, s'empressa de dire le comte. Il faut que j'aille jeter ces trois-là au cachot, que mon homme de main leur arrache où se trouve le sucrier.

Carmelita fit une vilaine moue.

— Ce sucrier, tu l'aimes plus que moi, voilà ce qu'il y a !

— Mais bien sûr que non, mon cœur, protesta Esmé. Olaf, dis-lui que ce sucrier n'est rien pour toi ! Dis-lui qu'elle est notre trésor, le petit *marshmallow* de nos vies !

— Tu es un petit *marshmallow*, Carmelita, dit le comte Olaf d'une voix molle, poussant devant lui les enfants Baudelaire et Fiona. À tout à l'heure.

— Dis bien au Crochu de faire du zèle avec ces trois-là ! lui lança Esmé, levant son faux fouet au-dessus de sa fausse tête de pieuvre. Et maintenant, que le spectacle commence !

Carmelita entama aussitôt son numéro, et les enfants Baudelaire se dirent que c'était presque une chance d'être conduits au cachot plutôt que d'assister à un récital de princesse-fée-ballerine-vétérinaire. En silence, ils suivirent Olaf le long d'un nouveau boyau qui n'en finissait pas de tourner – à droite, à gauche, à droite, jusqu'à ce que, pour finir, leur guide s'immobilise devant une petite porte avec un œil d'acier en guise de poignée. Il éclata d'un grand rire.

— Et voilà ! La chambre de sûreté ! Hé hé hé potage parmentier !

Au creux du casque, Prunille fut prise d'une vilaine toux rêche. De toute évidence, le champignon poursuivait ses ravages et une fois de plus, Violette tenta de faire fléchir Olaf.

— S'il vous plaît, laissez-nous retourner sur le *Queequeg* pour la soigner. Vous n'entendez pas comme elle tousse ?

— Bien sûr que si, j'entends. Les lardons, ça tousse tout le temps.

— Pitié ! implora Klaus. C'est une affaire de vie ou de mort !

— De vie ou de mort, absolument, ironisa le comte. Mon homme de main en décidera, si vous refusez de parler.

— Ils ont raison ! plaida Fiona. Aye ! C'est une tragédie !

Olaf eut un sourire démoniaque.

— Tragédie ? Pas pour toi, que je sache...

Et il poussa la porte qui s'ouvrit en grinçant sur un réduit aux murs nus. Pour tout meuble il n'y avait là qu'un tabouret, sur lequel un grand diable était occupé à brasser des cartes – non sans difficultés, d'ailleurs.

— Tragédie ? Des retrouvailles familiales ?

Et, poussant les enfants à l'intérieur, Olaf claqua la porte sur eux.

Violette et Klaus se retrouvèrent face à son sbire, et Prunille, derrière le hublot, ouvrit sur lui de grands yeux. Aucun des trois n'était surpris, bien sûr, de lui voir des crochets à la place des mains et aucun des trois n'était ravi de le revoir – moins que jamais alors que les minutes leur étaient comptées.

Mais l'homme regardait Fiona avec une expression si étrange que, d'instinct, ils se tournèrent vers elle. Alors ils virent que, contrairement à eux, elle avait l'air ébahie – et plus encore, ravie, à la vue de ce grand diable qui se levait de son tabouret et agitait ses crochets en émoi.

— Fiona ! s'écria l'homme aux crochets.

— Fernald ! s'écria Fiona.

Et les enfants se dirent que peut-être – peut-être – tout n'était pas perdu pour Prunille.

CHAPITRE
X

La manière dont le chagrin agit est l'une des grandes énigmes de ce monde. Lorsqu'un immense chagrin vous frappe, vous avez parfois l'impression d'être face à un brasier, non seulement parce que la douleur a la vivacité d'une brûlure, mais encore parce que le chagrin tend à s'étendre sur toute votre vie, telle la fumée d'un incendie. Et, de même que la fumée avale le paysage dans sa noirceur mouvante, de même le chagrin noie tout, et vous avez peine à voir ce qui n'est pas votre chagrin. Les choses heureuses elles-mêmes s'imprègnent de chagrin, un peu comme la fumée imprègne tout ce qu'elle frôle de la couleur et de l'odeur du brûlé. Et rien n'y fait, ni traitement de choc, ni douche froide ; votre chagrin demeure intact – tout comme les lances d'incendie peuvent venir à bout des flammes, mais jamais restituer ce que le feu a détruit.

Les enfants Baudelaire, on le sait, avaient vu un immense chagrin venir ravager leur vie le jour où ils avaient appris la tragique disparition de leurs parents. Souvent il leur semblait que des vestiges de fumée continuaient de voiler leurs rares moments heureux. Ce jour-là, regardant Fiona et son aîné tomber dans les bras l'un de l'autre, Violette et Klaus crurent voir la fumée de ce chagrin à peine étouffé venir assombrir le cachot. Il leur était presque insoutenable de songer que Fiona retrouvait là un frère depuis longtemps perdu de vue alors qu'eux-mêmes, à peu près sûrement, ne reverraient jamais leurs parents et qu'ils risquaient à cet instant de perdre aussi leur petite sœur, prise à nouveau d'une quinte de toux qui ne laissait rien présager de bon.

— Fiona ! répéta l'homme aux crochets. C'est vraiment toi ?

— Aye ! répondit la jeune mycologue, retirant ses lunettes triangulaires pour s'essuyer les yeux. Je n'aurais jamais cru te revoir un jour, Fernald. Qu'est-il arrivé à tes mains ?

— Ne t'inquiète pas pour ça, dit-il très vite. Mais que fais-tu là ? Tu as rejoint le camp d'Olaf, toi aussi ?

— Jamais de la vie ! Olaf a capturé le *Queequeg*, il nous jette dans ce cachot, et tu voud...

— Donc, tu as rejoint le camp de ces petits scorpions de Baudelaire. J'aurais dû m'en douter. J'aurais dû m'en douter que tu étais une sainte nitouche !

— Rejoint leur camp ? Tu veux rire ! protesta Fiona derechef. C'est eux qui ont rejoint le mien. Aye ! C'est moi le capitaine du *Queequeg*, à présent.

— Toi ? Où est donc passé Virlevent ?

— Disparu. Il a quitté le bord. Nous n'avons aucune idée d'où il est.

— Pas que je tienne à le savoir, note bien, gronda l'homme aux crochets. Je m'en moque, moi, d'où il peut être ! Vieux crétin moustachu ! D'abord, c'est sa faute à lui si j'ai rallié le camp d'Olaf. Tu parles d'un capitaine ! Toujours à japper «Aye ! Aye ! Aye !». Toujours à me corner des ordres aux oreilles ! Voilà pourquoi j'ai mis les voiles, pourquoi j'ai rejoint la troupe de théâtre du comte Olaf !

— Mais Olaf est une crapule ! s'indigna Fiona. Une fripouille ! Un scélérat ! Il n'a aucun égard pour autrui ! Il manigance d'odieuses combines, il triche pour enrôler les gens !

— Tout ça, c'est ses mauvais côtés, tempéra l'homme aux crochets. Il en a aussi une foule de bons. Son rire merveilleux, par exemple.

— Un rire merveilleux n'est pas une excuse pour se conduire en criminel !

— Affaire de goûts et de couleurs, marmotta l'homme aux crochets.

Ce qui signifiait, comme presque toujours : « Ne discutons pas, tu as sans doute raison, mais ça m'ennuierait énormément de le reconnaître. »

D'un geste brusque, il fit signe à sa sœur de s'écarter.

— Maintenant, si tu permets, il est temps que ces orphelins m'expliquent où est le sucrier.

Et, frottant ses crochets l'un contre l'autre comme pour les affûter, il fit un pas vers les enfants, les dents serrées. Violette et Klaus se consultèrent du regard, puis ils jetèrent un coup d'œil au casque où Prunille recommençait à tousser. L'heure était venue de jouer cartes sur table, expression signifiant ici « passer aux aveux devant le pire complice d'Olaf ».

— En réalité, risqua Violette, aucun de nous ne le sait, où est ce sucrier.

— C'est la vérité, confirma Klaus. Vous aurez beau nous faire tout ce que vous voudrez, nous ne pourrons rien vous dire. Pour la bonne raison que nous ne savons rien.

L'homme leur décocha un regard noir et il aiguisa ses crochets de plus belle.

— Menteurs, siffla-t-il entre ses dents. Sales petits menteurs d'orphelins !

— Non, Fernald, intervint Fiona, je t'assure,

c'est vrai ! Aye ! Trouver le sucrier, c'était la mission du *Queequeg*, mais jusqu'ici nous avons fait chou blanc.

L'homme aux crochets explosa :

— Mais si vous ne savez pas où est ce sucrier, comment je fais mon métier, moi, hein ?

De rage, il renversa son tabouret d'une ruade, puis décocha un coup de pied au mur pour faire bonne mesure.

— Et maintenant, hein, maintenant ? Je fais quoi ?

Fiona posa une main sur l'un de ses crochets.

— Maintenant, tu nous ramènes au *Queequeg*, d'accord ? Prunille Baudelaire est dans ce casque, touchée par la fausse golmotte médusoïde.

— Golm... médusoïde ? balbutia son frère effaré. C'est un champignon mortel !

— Sa vie ne tient qu'à un fil, dit Violette. Si nous ne trouvons pas très vite un remède, elle est perdue.

L'homme aux crochets plissa le front, puis il jeta un coup d'œil au casque et haussa une épaule.

— Et qu'est-ce que ça peut me faire, à moi, si cette petite larve rend l'âme ? Du jour où j'ai posé les yeux sur elle, ma vie a tourné à l'enfer. Chaque fois que c'est foutu pour la fortune Baudelaire, Olaf nous crie après pendant des jours !

— C'est toi qui as fait de la vie des Baudelaire un enfer, riposta Fiona. Olaf a mijoté trente-six mille coups tordus, et toi, chaque fois, tu étais dans le coup aussi. Aye ! Tu devrais avoir honte.

L'homme aux crochets baissa le nez.

— Quelquefois, oui, j'ai honte, dit-il avec un soupir. La troupe d'Olaf, j'avais cru que ça serait la belle vie. Les feux de la rampe, le succès, la fête... Mais finalement on a surtout fait dans le meurtre, le chantage, l'incendie criminel, ce genre de choses. Bien plus que j'aurais aimé, en tout cas.

— Justement, fit valoir Fiona. Te voici une chance d'agir noblement. Rien ne t'oblige à rester du mauvais côté du schisme.

— Oh ! Fiona, dit l'homme aux crochets, et, d'un geste gauche, il posa un crochet sur l'épaule de sa sœur. Tu ne comprends pas. Il n'y a pas de mauvais côté du schisme.

— Bien sûr que si, intervint Klaus. S.N.P.V. est une confrérie généreuse et le comte Olaf, une crapule.

— Une confrérie généreuse ? ricana l'homme aux crochets. Vraiment ? Explique ça à ta petite sœur, binoclard ! Sans leur ânerie de valorisation de distillat de champignon, jamais vous ne les auriez trouvés sur votre chemin, ces trucs-machins mortels !

Les enfants échangèrent des regards muets. Le souvenir leur revenait de la lettre trouvée dans le sable. *«Ce champignon vénéneux que vous tenez absolument à cultiver dans la grotte...»* Fernald n'inventait rien.

Alors Violette, résolument, tira de sa poche la demi-page de journal trouvée par Prunille dans la caverne marine. Elle la brandit bien haut, et chacun vit le nom du quotidien inscrit dans l'angle, *Le petit point*...

— «LA VÉRITÉ SUR LA DÉFECTION D'UN...», lut-elle à voix haute. Un quoi ? Mystère, le mot manque, mais écoutez la suite. «Par Jacques Snicket. Il est aujourd'hui confirmé que l'incendie qui a détruit l'Aquacentre Amberlu et coûté la vie au célèbre ichnologue Gregor Amberlu était d'origine criminelle, et délibérément provoqué par Fernald Virlevent, fils du capitaine du sous-marin *Queequeg*. Le rôle joué par la famille Virlevent dans la récente affaire du schisme a soulevé de nombreuses controverses, notamment en ce qui concerne...»

Violette se tut, leva les yeux et soutint le regard féroce du comparse d'Olaf.

— Le reste est illisible, dit-elle. Mais ce qui est dit là est clair. Vous avez déserté. Plaqué S.N.P.V. pour rallier l'ennemi : le camp du comte Olaf !

— Oui, dit Klaus. Et la différence entre les deux camps, c'est qu'il y en a un qui combat le feu, et l'autre qui *met* le feu.

Vif comme un chat, l'homme d'Olaf planta son crochet dans la coupure de presse et la tourna vers lui pour la lire de ses yeux.

— Si vous aviez vu ce feu, dit-il à mi-voix. De loin, c'était un immense champignon de fumée, un champignon noir surgi de l'eau. On aurait juré que tout l'océan allait s'embraser.

— Et toi, tu étais fier, hein ? dit Fiona, amère. Du si beau travail !

— Fier ? La pire journée de ma vie, oui. Jamais rien vu d'aussi triste que ce panache de fumée.

Il planta son second crochet dans le papier et, prestement, le mit en pièces, puis il reprit :

— Le *Pointilleux*, dans cet article, il raconte n'importe quoi. Pour changer. Le capitaine Virlevent n'a jamais été mon père. Virlevent n'est pas mon nom de famille. Et l'histoire de cet incendie est joliment plus compliquée. Vous devriez le savoir, vous, les Baudelaire, que cette feuille de chou est truffée d'erreurs et qu'en plus elle ne dit jamais tout. Or, pour dire la vérité, il faut *tout* dire. Prenez le poison d'un champignon, par exemple ; il peut tuer, d'accord, mais il peut aussi être la source de fabuleux médicaments. De la même façon, un Jacques Snicket peut très bien commettre des actes scélérats, un comte Olaf avoir des gestes nobles. Vos parents eux-mêmes...

— Jacques Snicket, coupa Fiona, notre beau-père le connaissait. C'était quelqu'un de bien. Le comte Olaf l'a assassiné. Et toi, tu as tué, toi aussi ? C'est toi qui as tué Gregor Amberlu ?

En silence, l'homme aux crochets tendit devant lui ses moignons de poignets.

— Fiona, dit-il d'une voix sombre, la dernière fois que tu m'as vu, j'avais deux mains, deux excellentes mains. Notre beau-père ne t'a sans doute jamais raconté ce qui m'est arrivé. Il répète toujours qu'il est des secrets, en ce monde, trop horribles pour de jeunes esprits, c'est son refrain. Pauvre vieux chnoque.

— Notre beau-père n'est pas un vieux chnoque, s'insurgea Fiona. C'est un homme de bien. Aye !

— Ha ! glapit l'homme aux crochets. Comme s'il y avait les gens de bien et les gens de mal ! Les bons et les méchants ! C'est plus compliqué que ça, malheureusement. Un être humain, c'est comme une salade du chef, avec des tas de choses mises ensemble, des bonnes, des moins bonnes, des mauvaises, coupées en petits dés et bien mélangées, dans une vinaigrette de confusion et de conflit.

Il pointa ses crochets vers Klaus et Violette.

— Et vous, les Baudelaire. Regardez-vous un peu. Vous vous croyez si différents ? Quand j'ai été emporté par les aigles dans ce filet, au-dessus des montagnes, j'ai vu ce qu'il restait de l'arrière-pays après ce grand feu qui l'a parcouru – un feu que vous nous avez aidé à allumer, je vous rappelle. Vous avez brûlé des choses, j'ai brûlé des choses. Vous vous êtes engagés dans l'équipage du *Queequeg*, je me suis engagé dans l'équipage du *Carmelita*. Nos capitaines sont l'un et l'autre du genre lunatique, et nous essayons tous de gagner l'hôtel Dénouement d'ici à jeudi. Au fond, la seule différence entre nous, ce sont les portraits sur nos uniformes.

— Sur le nôtre, déclara Klaus, c'est Herman Melville, écrivain à l'immense talent, qui a dépeint la vie rude des plus humbles – matelots sans le sou, jeunes exploités – par le biais d'une écriture originale, souvent expérimentale. Je suis fier d'arborer son portrait. Vous, vous portez celui d'Edgar Guest, écrivain au talent limité, auteur de poèmes endormants sur des sujets à l'eau de rose. À votre place, je n'en serais pas si fier.

— Bon, Guest n'est pas mon poète favori, reconnut l'homme aux crochets. De la poésie, dans le temps, avant de rejoindre Olaf, j'en avais lu pas mal avec mon beau-père. Nous nous faisions la lecture mutuellement, je me souviens, dans la grande salle du *Queequeg*. Mais tout ça, c'est du passé. On ne retourne jamais en arrière.

— En arrière, peut-être pas, admit Klaus. Mais vous pouvez nous ramener au *Queequeg*, en revanche. Qu'au moins nous sauvions Prunille.

— Siouplê, fit une petite voix rauque à l'intérieur du casque.

C'était à peine un filet de voix, tremblotant comme une flamme de bougie, puis Prunille se remit à tousser avec force et, durant de longues minutes, on n'entendit plus rien que ces quintes à fendre l'âme et le marmottement du sbire d'Olaf qui faisait les cent pas, tournant ses crochets l'un dans l'autre comme on se tourne les pouces. Les yeux sur ces accessoires luisants, Violette et Klaus se remémoraient toutes les fois où l'homme les en avait menacés. Car c'est une chose de se dire que chaque être humain recèle en lui du bon, du moins bon, du mauvais assemblés en méli-mélo à la façon d'une salade du chef, c'en est une autre d'avoir devant soi le complice d'un criminel notoire, quelqu'un qui vous a déjà fait mille misères, et d'essayer de voir en lui les bons ingrédients bien enfouis. Et tandis que l'homme aux crochets déambulait, marmonnant, les enfants Baudelaire avaient l'impression d'avoir affaire à une salade du chef dans laquelle ils avaient beau grattouiller, ils ne trouvaient que des morceaux peu engageants, voire toxiques, malgré leurs efforts désespérés pour découvrir le noble croûton permettant de sauver leur jeune sœur (exactement comme de mon côté, entre deux paragraphes, je chipote cette salade en face de moi, espérant que le serveur est plus noble que vil et que je vais pouvoir sauver ma sœur Kit grâce à un certain petit dé de croûton aux herbes que je compte tirer de ce saladier – mais nous n'en sommes pas encore là).

Pourtant, après force *hem !* et *hum !* et râcle-ments de gorge dont chacun sait qu'ils n'ont d'autre but que de retarder la décision, l'homme aux crochets cessa soudain de déambuler. Il mit ses crochets sur ses hanches et offrit aux enfants un choix d'Hobson.

— Je vous ramène au *Queequeg*, dit-il, si vous me prenez avec vous.

CHAPITRE
XI

— Aye ! s'enthousiasma Fiona. Aye ! Aye ! Aye ! Nous te prenons avec nous, Fernald ! Aye !

Violette et Klaus s'entre-regardèrent. Ils remerciaient le ciel, bien sûr, de se voir accorder une chance de sauver Prunille, mais ils auraient mieux aimé un peu moins de «Aye !» de la part de Fiona. Grand frère retrouvé ou pas, inviter l'homme aux crochets à les rejoindre à bord du *Queequeg* leur semblait être de ces décisions qu'on finit toujours par regretter.

— Joie, oh joie ! s'écria l'homme aux crochets, et il dédia aux aînés Baudelaire un sourire impénétrable – mot signifiant ici «peut-être gentil, peut-être féroce, c'était difficile à dire». Je sais où nous pourrions aller, une fois évadés du *Carmelita*. J'ai des tas d'idées.

— Ah oui ? se réjouit Fiona. Tu vas nous raconter tout ça. Aye !

— Mais peut-être un peu plus tard, intervint Violette. Je ne crois pas que ce soit le moment d'hésiter.

— Aye ! approuva Fiona. Celle qui hésite est perdue.

— Ou celui, rappela Klaus. Vite, au *Queequeg* !

L'homme aux crochets entrouvrit la porte et passa la tête au-dehors pour inspecter le corridor. Puis, d'un geste du crochet, il fit signe aux enfants de le suivre.

— Ça va être un peu difficile, murmura-t-il. Pour rejoindre le *Queequeg*, il faut traverser la salle des rameurs, et elle est pleine à craquer de mômes kidnappés. Esmé a pris ma *tagliatelle grande* et elle la fait siffler au-dessus de leurs têtes pour les obliger à ramer plus vite.

Les enfants Baudelaire ne lui rappelèrent pas qu'il les avait menacés de cette arme, lors de leur séjour à Caligari Folies.

— Il n'y a pas moyen de passer en douce ? demanda Violette.

— On va bien voir. Suivez-moi.

Et, à longues enjambées, il ouvrit la voie le long du boyau, Fiona sur les talons et les deux Baudelaire fermant la marche, Violette serrant contre elle le casque dans lequel Prunille toussait de plus belle. Délibérément, Klaus et elle traînaient les pieds dans l'espoir d'échanger un mot discret avec la jeune mycologue.

— Fiona, souffla Klaus, tu es sûre que c'est une bonne idée de le prendre avec nous ? Il est dangereux, tu sais. Dangereux et versatile.

— Fernald est mon frère, chuchota Fiona, véhémente. Et je suis votre capitaine. Aye ! C'est moi qui commande le *Queequeg*, à moi de choisir mon équipage.

— Nous le savons, lui accorda Violette, simplement... Nous nous demandions s'il ne valait pas mieux y regarder à deux fois.

— Inutile. Mon beau-père a disparu, Fernald pourrait bien être tout ce qui me reste comme famille. Vous voudriez que j'abandonne mon frère ?

Comme en réponse, Prunille se mit à tousser horriblement. Klaus et Violette comprirent. Fiona avait raison.

— Non, bien sûr, capitula Klaus.

— C'est fini, les messes basses, derrière ? leur siffla l'homme aux crochets. Vous voulez peut-être qu'on nous entende ? La salle des rameurs, on y est presque. Alors silence.

Les enfants se turent, mais lorsque celui-ci s'immobilisa devant une porte et plaça son crochet sur l'œil qui en commandait l'ouverture, ils découvrirent que faire silence était bien superflu. À travers le blindage épais leur parvenait la voix stridente de Carmelita.

— Pour ma troisième danse, clamait-elle, je vais tournoyer très vite, et pendant ce temps-là vous applaudirez de toutes vos forces. C'est la danse de la toupie, en l'honneur de la plus éblouissante princesse-fée-ballerine-vétérinaire de l'univers !

— Carmelita, pitié ! implora une voix. Ça fait des heures qu'on rame. On a bien trop mal aux mains pour applaudir.

Il y eut une espèce de claquement mouillé, un peu comme un bruit de chute de gant de toilette. Esmé venait sans doute de sévir à l'aide de sa nouille géante.

— Vous applaudirez, petits scélérats ! disait-elle. Sinon, gare à ma *tagliatelle grande* ! Hi hi tortellini !

— Ça fait même pas mal, risqua un intrépide. C'est mouillé et poisseux, c'est tout.

— Silence, pifgalette ! jappa Carmelita, et les enfants entendirent siffler son tutu qui commençait à tournoyer. Allez, on applaudit !

Là-dessus, un son odieux s'éleva, tel que les enfants n'en avaient encore jamais entendu.

Il n'y a rien de criminel, bien sûr, à avoir une voix exécrable, pas plus qu'il n'est criminel d'avoir des petits-cousins exécrables ou un pantalon d'un vert exécrable. Quantité de braves gens sont dans ce cas, il en est même qui sont affligés des trois à la fois. En revanche, il est tout à fait criminel d'infliger à son voisin des petits-cousins exécrables, par exemple en lui demandant de les garder pendant une heure et en les oubliant jusqu'à la nuit noire. Et seul un criminel doublé d'un sadique aurait l'idée d'obliger le voisin à enfiler un pantalon d'un vert exécrable. Mais le plus criminel de tout, et le plus sadique, est bien d'infliger à son voisin le son d'une voix exécrable – et que dire lorsqu'on l'inflige à une salle entière ?

La voix parlée de Carmelita Spats n'était déjà pas très harmonieuse, mais sa voix chantée touchait à l'abomination : plus sonore qu'une sirène d'incendie, plus grinçante qu'une porte mal huilée et, surtout, fausse à hurler, à croire que toutes les notes de la gamme se bagarraient pour se faire entendre en même temps. Sa voix chantée était pâteuse, à croire qu'elle chantait avec du pâté chinois dans la bouche, et toute chevrotante de vibrato en même temps. Le vibrato – c'est un mot italien – est acceptable quand il est voulu, mais pas quand on a l'impression que le chanteur se fait secouer comme un prunier pendant qu'il chante.

Enfin, même une voix calamiteuse peut être à la rigueur tolérée lorsqu'elle interprète un chant émouvant, mais je suis au regret de dire que Carmelita Spats avait composé elle-même ce qu'elle chantait, paroles et musique, et le tout était aussi calamiteux que sa voix chantée. Klaus et Violette, atterrés, songèrent au collège Prufrock, où justement ils avaient rencontré Carmelita. Le directeur adjoint, M. Nero, avait obligé ses élèves à l'écouter jouer du violon des heures durant. Peut-être était-ce à lui que Carmelita devait sa créativité musicale ?

Quoi qu'il en soit, la demoiselle chantait à pleins poumons :

C comme captivan-an-an-anteuh !
A comme ensorceleu-eu-euseuh !
R comme ravissan-an-an-anteuh !
M comme merveilleu-eu-eu-euseuh !
E comme éblouissan-an-an-anteuh !
L comme la plus be-e-elleuh !
I comme irrésisti-i-i-ibleuh !
T comme talentueu-eu-eu-euseuh !
A comme applaudissez, plus fort et toujours plus !

Puisque vous insistez, je reprends au début !

C comme captivan-an-an-anteuh!
A comme...

C'était tellement niais, tellement discordant, tellement proche du cri du chat dont on écrase la queue qu'il était permis de se demander si une franche torture ne valait pas mieux. Mais le pire était d'ignorer combien de temps cela allait durer.

— Quelle horreur! chuchota Violette. On croirait entendre les corbeaux de S.N.P.V.

— Et ces paroles! chuchota Klaus. Il faudra tout de même que quelqu'un lui dise qu'«ensorceleuse» commence par un E.

— Cette petite furie, je ne peux plus la voir, gronda très bas l'homme aux crochets. C'est à cause d'elle, entre autres, que je veux filer d'ici. Et justement, à mon avis, c'est le moment de foncer à l'autre bout de cette salle. Vous verrez, il y a des piliers un peu partout, parfaits pour se cacher. Le mieux, c'est d'aller de pilier en pilier, en longeant le pourtour. Gare à ne pas trébucher sur les avirons au ras de la paroi. De cette manière, on devrait pouvoir atteindre la porte d'en face – en espérant que tout le monde regarde cette fichue princesse-vétérinaire-pintade!

— Ça paraît risqué, murmura Violette.

— Pas le moment d'avoir froid aux yeux, siffla l'homme aux crochets.

— Ma sœur n'a pas froid aux yeux, protesta Klaus. Elle est prudente, c'est tout.

— Pas le moment d'être prudent, siffla Fiona. Aye ! Celle qui hésite est perdue ! Aye ! Ou celui ! On y va !

D'un petit coup de crochet, son aîné pressa sur l'œil de la porte, et le battant glissa sans hâte, révélant l'immense salle. Comme l'avait prédit l'homme aux crochets, tous les regards étaient tournés vers Carmelita qui paradait en s'égosillant sous l'œil attendri d'Esmé. Dans le sillage de l'homme aux crochets et de sa jeune sœur, Klaus et Violette se plièrent en deux et s'élancèrent, rasant les murs – Prunille se retenant de tousser –, tandis que Carmelita faisait virevolter son tutu et braillait à tue-tête sa chanson grotesque.

À *C comme captivante*, Klaus et Violette se mottèrent derrière un premier pilier. À *A comme ensorceleuse* et *R comme ravissante*, ils enjambèrent tant bien que mal les avirons en mouvement. À *M comme merveilleuse*, l'homme aux crochets, d'un geste muet, désigna la porte encore lointaine, à *E comme éblouissante* et à *L comme la plus belle,* ils se jetèrent derrière un deuxième, puis un troisième pilier, espérant que nul ne verrait bondir leurs ombres à la lueur des lanternes.

Lorsque Carmelita se proclama *irrésistible*, Esmé se retourna soudain, clignant des yeux sous sa fausse tête de pieuvre, et les fuyards se jetèrent à plat ventre sur le plancher où ils restèrent plaqués, retenant leur souffle, jusqu'à ce que la pimbêche eût fini de clamer son talent. Enfin, à *A comme applaudissez*, Klaus et Violette se retrouvèrent en tête de la course, tapis contre un pilier à moins de dix pas du but. Ils s'apprêtaient à franchir cette dernière ligne droite, pliés en deux, lorsque Carmelita, toujours à pleine voix, entonna :

— *C comme...* qu'est-ce que vous fichez là, pifgalettes ?

Violette et Klaus se figèrent, puis ils virent, à leur soulagement, que c'étaient Fiona et l'homme aux crochets que la peste montrait du doigt. Tous deux étaient changés en statues, chacun en train d'enjamber un aviron.

— Crochu ! s'étrangla Esmé, le tentacule crispé sur sa longue nouille molle. Crochu, comment oses-tu ? Tu interromps le récital de cette pauvre chère petite !

— J'en suis bien navré, Votre Majesmé, dit l'homme aux crochets avec une courbette élaborée. Si j'avais encore mes mains, croyez bien, plutôt me les faire couper que de rompre un charme pareil.

— Mais tu l'as rompu, triple buse crochue ! cria Carmelita courroucée. Maintenant, je n'ai plus qu'à tout recommencer depuis le début !

— Nooon ! supplia un jeune rameur. Pitié ! C'est de la torture !

L'homme aux crochets sauta sur l'occasion.

— À propos de torture, justement, Esmé. J'étais venu voir si, par hasard, je ne pourrais pas vous emprunter votre *tagliatelle grande*. J'en aurais besoin pour arracher à ces chenapans de Baudelaire où se trouve le sucrier.

Esmé se renfrogna.

— Je n'aime pas trop prêter mes affaires. Elles sont presque toujours abîmées quand je les récupère.

— S'il vous plaît, ma'ame, dit Fiona. Découvrir où est ce sucrier, on y est presque ! On a juste besoin de votre *tagliatelle*, un tout petit instant, au cachot.

— Mais... que fais-tu aux côtés de Crochu, toi, dis-moi ? s'avisa Esmé. Je te croyais dans le camp de ces orphelins sucre et miel ?

— Elle ? Jamais ! se récria l'homme aux crochets. C'est ma petite sœur, Fiona. Elle vient de rejoindre l'équipage du *Carmelita*.

— Fiona ? fit Esmé. Pas très tendance, comme nom. Je l'appellerai plutôt Zyeux-en-triangle. Tu comptes vraiment te joindre à nous, Zyeux-en-triangle ?

— Aye ! assura Fiona. Ces Baudelaire, c'est rien que des ennuis.

— Bon, c'est fini, la parlote ? s'impatienta Carmelita. Je croyais que c'était mon grand récital ?

— Pardon, mon cœur, répondit Esmé. Bon, Crochu et Zyeux-en-triangle, prenez cette nouille et ouste, débarrassez le plancher !

L'homme aux crochets et sa jeune sœur rejoignirent Esmé et Carmelita au milieu de la salle afin de prendre la *tagliatelle*, offrant ainsi à Violette et Klaus une parfaite occasion de débarrasser le plancher – expression signifiant ici «filer en douce et regagner le boyau le long duquel Olaf les avait menés vingt minutes plus tôt».

— Tu crois que Fiona va nous rejoindre ? chuchota Violette à son frère.

— Ça m'étonnerait. Ils ont dit à Esmé qu'ils retournaient au cachot, ils sont bien obligés d'y aller.

— Mais elle ne va pas se joindre en vrai à l'équipe d'Olaf, n'est-ce pas ?

— Tu penses bien que non, assura Klaus. C'était juste pour nous donner une chance de filer. Fiona est peut-être un peu imprévisible, d'accord, mais pas à ce point-là.

— Bien sûr que non, lui fit écho Violette, mais le ton manquait d'assurance.

— Bien sûr que non, répéta Klaus tandis qu'une nouvelle quinte de toux secouait le casque de scaphandre. Tiens bon, Prunille ! dit-il d'une voix qui se voulait ferme. On va te guérir en un rien de temps !

— Oui, mais... sans Fiona ? s'inquiéta Violette.

— On va faire les recherches nous-mêmes, voilà tout.

— Jamais on n'arrivera à lire tous ces bouquins à temps pour trouver le contrepoison !

— Pas besoin de lire toute sa bibliothèque, dit Klaus. Simplement, il va falloir viser juste. Mais j'ai mon idée.

Comme ils atteignaient le garage où patientait le *Queequeg*, Prunille se remit à tousser à cœur fendre, et sa respiration se fit si bruyante qu'on l'entendait à travers la vitre, signe certain que ses bronches s'obstruaient de minute en minute. Ses aînés auraient donné cher pour pouvoir ouvrir ce casque et serrer leur petite sœur contre eux, mais le risque était trop grand de s'empoisonner eux-mêmes et de ne plus pouvoir la sauver. Non, mieux valait se hâter de trouver ce contrepoison.

— J'espère que ton idée est bonne, dit Violette, pressant sur l'œil de métal qui commandait l'entrée. Les minutes sont comptées.

La porte à glissière s'ouvrit en sifflant et les deux enfants coururent droit au *Queequeg* et au hublot éventré. Klaus le premier se coula au travers et sauta sur la table de chêne. Ils avaient beau n'avoir quitté le bord que depuis une demi-heure, la grande salle du sous-marin semblait abandonnée depuis des semaines. Les quatre ballons s'étaient ridés comme des pruneaux et les cartes marines gisaient au sol, non loin du cercle de verre trempé découpé dans le hublot. Sans un regard pour ces objets, Klaus se précipita sur *Secrets intimes des champignons*, resté par terre à l'autre bout de la pièce.

— Les renseignements sur le contrepoison, c'est là-dedans qu'on devrait les trouver, dit-il, ramassant le gros volume et l'époussetant d'un geste machinal.

Il regagna la table tout en feuilletant l'ouvrage, à la recherche du sommaire détaillé.

— Voyons... Chapitre 36, *Levures en culture*. 37, *Comportement social des morilles*. 38, *Champignons moisis, moisissures champignonnées*. 39, *Visites de champignonnières – Vente. Dégustation. Cueillette.* 40, *La grotte Gorgone...*

— C'est ça ! dit Violette. Vite. Chapitre 40.

Prunille émit un nouveau bruit alarmant et Klaus feuilleta plus vite encore – ce qui est fort dommage, et je regrette bien qu'il n'ait pas eu le temps de regarder mieux certaines des pages qui bruissaient sous ses doigts.

— «Sise à proximité de l'Aquacentre Amberlu, lut-il à voix haute, la grotte Gorgone a été fort adéquatement nommée en référence à la mytho...»

— Oui, ça on le sait, coupa Violette. Va directement à la fausse golmotte médusoïde.

Klaus balaya la page du regard avec toute l'aisance du lecteur habitué à sauter des passages.

— «... De la famille des amanites, la fausse golmotte médusoïde, *Amanita gorgonoïdes*, se caractérise par son mycé...»

— Ça aussi, on le sait. Va à l'endroit où il est question du poison.

— «... d'une rare toxicité. Comme l'a fait observer le poète : *"Une heure suffit à une seule spore / Pour vous expédier chez les morts. / Et l'antidote à ce mal / Est le radis de cheval."*» Antidote ! Tu te souviens ? D'après Fiona, c'est un autre mot pour dire : contrepoison.

— Parfait. Mais «radis de cheval» ? Tu connais ça, toi ?

— Radis de cheval... radis de cheval... Attends. Ça me dit quelque chose, mais...

Prunille eut un violent hoquet suivi d'un sifflement odieux, et le casque se mit à osciller. La petite se débattait, elle suffoquait. Violette immobilisa le casque à deux mains et se tourna vers son frère, implorante. Mais Klaus avait le regard ailleurs. Il plongea la main dans sa poche.

— Qu'est-ce que tu fais ? demanda Violette.

— J'attrape mon calepin. J'y ai noté toutes l'info recueillie dans la g...

— Tu crois que c'est le moment de relire des notes ! L'antidote, il faut le trouver tout de suite ! Fiona a raison : celui ou celle qui hésite est perdu.

— Pas forcément, dit Klaus, ouvrant son gros

carnet bleu nuit. Un instant de réflexion peut faire gagner du temps. Bon, que disait Kit au juste, dans cette lettre ? *«Ce champignon vénéneux que vous tenez absolument à cultiver dans la grotte ne nous vaudra à tous que des misères. Notre usine de la route des Pouillasses peut certes fabriquer une certaine quantité d'antidote à ces toxines qui s'attaquent aux voies respiratoires...»* Il me semblait bien ! Route des Pouillasses. S.N.P.V. y fabriquait quelque chose qui pouvait servir d'antidote au poison de la...

— Route des Pouillasses ? coupa Violette. C'était celle qui menait chez l'oncle Monty. Quelque part au début, il y avait une odeur agressive, rappelle-toi. De poivre noir, je crois. Non, pas de poivre noir – de moutarde, plutôt. Voilà ! C'était une usine de moutarde.

Klaus posa de nouveau les yeux sur ses notes en marmottant :

— Radis de cheval... Radis de cheval. Mais oui ! l'oncle Monty nous en avait parlé, un jour. Moi, je croyais que cette horrible odeur venait de la moutarde, mais pas du tout, c'était du raifort, d'après l'oncle Monty. L'usine fabriquait du raifort en poudre, en plus de la moutarde. Le raifort, il nous avait dit, s'appelle aussi «radis de cheval» ou «moutarde des Allemands». *Rai-fort !* L'antidote est le raifort !

Déjà, Violette fonçait à la cuisine.

— Espérons que Phil aime cuisiner au raifort !

Klaus prit le casque sifflant sous le bras et suivit son aînée dans la cuisine exiguë. Entre le fourneau, le réfrigérateur et les deux placards, les deux enfants pouvaient à peine se retourner.

— Les placards servent sûrement de réserve, dit Klaus. C'est là que Phil doit ranger son raifort – s'il en a.

Tous deux s'interdirent de penser à la suite de l'histoire si Phil n'était pas un adepte de la cuisine au raifort.

Hélas ! il leur fallut bientôt envisager la chose. Violette ouvrit le placard de gauche, Klaus celui de droite, mais l'inventaire du contenu fut vite fait.

— De la gomme à mâcher, murmura Violette. De pleines boîtes de gommes à mâcher rapportées de la scierie. Rien d'autre. Et toi ?

Du menton, Klaus désigna deux boîtes de conserve sur une étagère et brandit un sachet de papier.

— Deux boîtes de châtaignes d'eau et un sac de graines de sésame, dit-il, refoulant ses larmes derrière ses lunettes. Que faire ?

Du casque de Prunille s'éleva un sifflement pathétique, presque celui d'un train solitaire au moment de disparaître dans un tunnel.

— Le frigo ! s'écria Violette. Il y a peut-être du raifort dedans.

Sans un mot, Klaus ouvrit le réfrigérateur, mais celui-ci n'était guère plus garni que les placards. Sur la clayette du haut s'alignaient six petites bouteilles de citronnade, celles-là mêmes que Phil avait proposées aux enfants le soir de leur arrivée. La clayette du milieu hébergeait une portion de fromage tendre, tout blanc. Mais ce qui était posé sur la clayette du bas fut un choc – et ni Klaus ni Violette ne se retinrent de pleurer.

— J'avais complètement oublié, murmura Violette, deux grosses larmes roulant sur ses joues.

— Moi aussi, avoua Klaus, tirant du réfrigérateur le grand plat de faïence et ce qui trônait dessus.

Avec les dernières provisions du bord – expression signifiant ici «le peu de vivres en réserve dans les placards et le frigo du *Queequeg*» –, Phil avait confectionné un gâteau. À première vue, celui-ci ressemblait fort au gâteau à la noix de coco qui avait fait la fierté du professeur Montgomery, et les aînés Baudelaire s'interrogèrent. Du temps de l'oncle Monty, Prunille était si petite ! S'était-elle souvenue de ce gâteau pour aider Phil à préparer pareil dessert ? Il était artistiquement décoré, en tout cas – nappé d'un glaçage crémeux incluant de gros copeaux de noix de coco et orné d'une inscription en bleu, de la belle écriture de Phil : le chiffre 15 et trois mots.

— *Bon anniversaire, Violette*, lut Klaus d'une voix étouffée. Voilà pourquoi il y avait ces ballons.

— C'était mon anniversaire, murmura Violette. Quelque part durant notre expédition, j'ai passé le cap de mes quinze ans et je n'y ai même pas songé un instant.

— Mais Prunille y avait pensé, elle. Elle nous avait parlé d'un dessert surprise, tu te souviens ? À notre retour de mission, nous devions fêter ton anniversaire.

Violette se laissa tomber assise par terre et posa le front contre le casque renfermant Prunille.

— Que faire à présent ? sanglotait-elle. Nous ne pouvons pas perdre Prunille ! Nous ne pouvons pas la perdre !

— Il doit bien exister un produit qui remplace le raifort, avança Klaus bravement. Qu'est-ce que ça pourrait être ?

— Comment veux-tu que je le sache ? s'effondra Violette. Je suis nulle en cuisine !

— Moi aussi, coassa Klaus. Il n'y a que Prunille qui s'y connaisse !

Alors le frère et la sœur échangèrent un long regard et rassemblèrent tout leur courage, expression signifiant ici très exactement ce qu'elle dit – car il faut parfois chercher loin, et jusque dans les moindres recoins, pour retrouver la force d'agir alors qu'on est affreusement tenté de lâcher prise.

Puis, sans un mot, ils ouvrirent la petite porte du casque, ils en sortirent Prunille prestement et refermèrent illico afin de ne pas laisser le champignon se propager. À première vue, Prunille semblait indemne, mais, sitôt qu'elle entrouvrit la bouche, ses aînés virent qu'elle avait la langue toute noire, à croire qu'elle venait de boire de l'encre. Sifflant horriblement à chaque inspiration, la petite tendit ses bras menus pour s'agripper à ses aînés. Elle n'avait pas besoin de parler. Elle implorait leur aide et tous deux le savaient. Mais que faire, sinon lui poser la lancinante question?

— Prunille, articula Violette. Nous avons trouvé, pour cet antidote. C'est du raifort qu'il te faudrait. Du raifort. Mais il n'y en a pas dans cette cuisine.

— Prunille, compléta Klaus, sais-tu par quoi on remplace le raifort en cuisine?

Prunille ouvrit la bouche comme pour répondre, mais rien d'autre n'en sortit qu'un sifflement rauque. Elle se tordit de toutes ses forces, ses petits poings serrés de douleur impuissante. Et, pour finir, elle souffla un mot, un seul, très bas, un petit mot qui aurait pu n'être pas compris.

D'autres que ses aînés, sans doute, auraient entendu là un de ces mots sans queue ni tête comme en prononcent les tout-petits – peut-être une manière de dire: «Un bisou!» ou même «Adieu, vous deux». D'autres auraient cru à un simple bruit, un de ces bruits que l'on émet, par exemple, lors-qu'on a ingéré un champignon mortel.

Mais d'autres encore auraient compris aussitôt. N'importe quel citoyen du Japon aurait su qu'elle faisait allusion à un condiment à saveur piquante, souvent servi avec du poisson cru et du gingembre mariné. Un chef cuisinier aurait su qu'elle voulait parler de cette grosse racine verte considérée comme l'équivalent japonais du raifort.

Klaus et Violette, pour leur part, savaient que leur petite sœur ne parlait jamais pour ne rien dire, et qu'elle nommait son salut, expression signifiant ici «produit culinaire exotique dont Violette avait cent grammes au fond de la poche de son uniforme, à l'intérieur d'une petite boîte de conserve dénichée par Prunille elle-même dans le sable d'une caverne sous-marine».

— Wasabi, souffla Prunille d'une voix rauque. Wasabi.

Elle n'avait pas besoin d'en dire plus.

CHAPITRE

XII

L'expression «la chance a tourné» n'était pas de celles que les enfants Baudelaire utilisaient très souvent.

Voilà pourtant une expression qui dit fort bien ce qu'elle veut dire. Car la chance, parfois, tourne comme le vent, inversant les situations comme on retourne une chaussette. Tel qui était sans le sou, sans moyen d'agir, sans rien, se retrouve fortuné, comblé, aux commandes – ou tout au moins capable de reprendre sa vie en main.

Pour les enfants Baudelaire, la chance avait tourné un jour – tourné mal – sur la plage de Malamer, ce sombre jour où ils avaient appris la nouvelle du terrible incendie et où le comte Olaf, sans prévenir, avait surgi dans leur vie. Depuis lors, ils attendaient de voir le vent de la chance tourner à nouveau, mettre en déroute le scélérat et les délivrer une bonne fois de toutes les forces inquiétantes qui menaçaient de les happer... Mais pour eux, l'aiguille de la chance semblait bloquée sur son cadran, bloquée sur Épreuves et Misère, tandis que les criminels alentour prospéraient, gras et florissants.

Pourtant, lorsque Violette, fébrile, ouvrit la petite boîte de wasabi repêchée au fond de sa poche, lorsqu'elle enfourna à pleines cuillerées la pâte verdâtre dans le gosier sifflant de sa petite sœur, la chance fit bel et bien mine d'accepter de tourner, après tout. Au contact de la substance verte, Prunille eut un sursaut et l'excroissance noire sur sa langue parut frémir. Une seconde plus tard, la chose se ratatinait sous l'effet du puissant condiment. Au bout de quelques instants, l'effet fut confirmé : la chose se recroquevillait à vue d'œil, et la respiration sifflante de Prunille se changeait en petite toux. Puis la petite toux elle-même se changea en profondes aspirations, à mesure que la benjamine des Baudelaire revenait à la vie et buvait l'air à grands bols, comme quelqu'un qui a manqué de se noyer. Les yeux luisants de larmes, la petite s'agrippait à ses aînés, mais Klaus et Violette voyaient bien que la fausse golmotte médusoïde était en train de perdre la partie et qu'elle n'emporterait pas leur cadette.

— Ça marche, dit Violette à mi-voix. Elle respire déjà mieux.

— Oui, murmura Klaus. On lui a damé le pion, à cet affreux champignon.

— Deulo, souffla Prunille.

Son frère alla vivement lui remplir un verre d'eau. Chancelante, la petite se redressa et but avec avidité, puis elle étreignit de toutes ses forces ses deux aînés l'un après l'autre.

— Merci, dit-elle. Sauveurs.

— Mais non ! corrigea Violette. C'est toi qui t'es tirée de là toi-même. Le wasabi, il était là, dans ma poche. Depuis le début. Heureusement que tu nous as dit que c'était le contrepoison !

Prunille fut prise d'une nouvelle quinte. Elle s'allongea par terre et murmura très bas :

— Rapla.

— Tu m'étonnes ! s'écria Violette. Après ce qui vient de t'arriver ! Veux-tu que je te perche dans une couchette ?

— Suelo, répondit Prunille ; autrement dit : «Merci, je préfère rester par terre.»

— Sur ce plancher de cuisine ? insista Klaus. Tu crois que c'est confortable ?

Prunille rouvrit ses yeux qui se fermaient d'eux-mêmes.

— Prêvou, dit-elle avec un sourire.

— Bon, d'accord, céda Violette et, décrochant un torchon de cuisine, elle le plia en huit pour en faire un oreiller. Nous serons à côté, dans la grande salle, si tu as besoin de nous.

— Quoifair ? murmura la petite.

— Chut, souffla Klaus, la recouvrant d'un deuxième torchon. Ne te tracasse pas, Prunille. C'est à nous de décider que faire à présent.

Sur la pointe des pieds, les aînés quittèrent la cuisine, emportant la boîte de wasabi.

— Tu crois qu'elle est tirée d'affaire ? demanda Violette.

— J'en suis sûr, affirma Klaus. Un petit somme, et il n'y paraîtra plus. Je crois que nous ferions bien de prendre un peu de wasabi aussi. Quand nous avons ouvert ce casque, nous avons respiré ce damné champignon. Et nous avons intérêt à être en pleine forme pour nous tirer des griffes d'Olaf.

Violette acquiesça et, bravement, elle enfourna une cuillerée de wasabi dans sa bouche. Le contact du condiment sur sa langue la fit frissonner de la tête aux pieds. Elle tendit boîte et cuillère à son frère.

— C'est la dernière cuillerée, dit-elle. Nous avons intérêt à nous assurer que ce casque reste bien fermé jusqu'à ce que nous puissions mettre la main sur une bonne dose de raifort, histoire de détruire ce champignon une fois pour toutes.

Klaus approuva d'un hochement de tête et, fermant les yeux, il ingurgita la dernière cuillerée de purée verte.

— Bon sang ! dit-il après avoir longuement dégluti. Si un jour nous inventons ce code secret à base de choses qui se mangent, tu sais, celui dont nous parlions avec Fiona, «wasabi» signifiera «puissant». Je comprends cette pauvre amanite médusoïde.

— Et maintenant que Prunille est guérie, dit Violette, qu'est-ce qu'on fait ?

— Maintenant, tout en haut de notre liste, il y a : comte Olaf. N'oublie pas ce qu'il a dit – qu'il avait en main tout ce qui lui fallait pour venir à bout de S.N.P.V. une fois pour toutes. Tout, sauf ce sucrier.

— Exact. Il faut faire tourner la chance contre lui, et trouver ce sucrier avant lui.

— Oui, mais va savoir où il est, le sucrier. Quelqu'un a dû le retirer de la grotte Gorgone.

— Je me demande... commença Violette.

Mais elle ne dit jamais ce qu'elle se demandait, car un bruit insolite l'interrompit net. C'était une sorte de bruissement doublé d'un ronflement doux, bientôt suivi d'une sorte de bip, bientôt suivi d'autres sons bizarres – et cela semblait provenir des tréfonds de la machinerie du *Queequeg*. Pour finir, un voyant vert s'éclaira sur un panneau mural, et un objet plat et blanc commença de se faufiler dans la salle par une fente étroite à l'avant de l'appareil.

— C'est du papier, dit Klaus.

— C'est plus que du papier, dit Violette, s'élançant pour voir de plus près. Il y a quelque chose d'écrit dessus.

Le papier se recourba vers sa main tout en continuant de se dégager de la fente, comme impatient de se faire lire.

— C'est le téléscripteur, dit Violette. Et on dirait bien...

— Un Semainier des nouveaux potins validés, acheva Klaus.

Violette se tordit le cou pour lire le début du message tel qu'il apparaissait, à l'envers. Et, en effet, tout en haut de la feuille s'étalaient déjà, en grosses lettres, les mots Semainier des nouveaux potins validés, suivis de l'indication du destinataire – «à l'attention du *Queequeg*» – et de la date du jour. Au-dessous figurait le nom de l'expéditeur, autrement dit le nom de celui qui envoyait ce télégramme, à des milles marins de là, en surface et sur la terre ferme. C'était un nom que Violette osait à peine prononcer à voix haute, bien qu'elle n'eût cessé de se le chuchoter tout bas depuis des jours et des nuits – depuis que les eaux glacées de la Frappée avaient emporté loin d'elle un certain jeune cartographe à qui elle tenait tout spécialement.

— Ça vient de Quigley, dit-elle à mi-voix.

Klaus ouvrit de grands yeux.

— Et qu'est-ce qu'il dit ?

— Attends, il faut que ça finisse d'imprimer.

Le sourire aux lèvres, Violette guettait la chute du feuillet, effleurant des doigts le nom aimé. Quigley était en vie, Quigley songeait à eux. Pour un peu, cette seule nouvelle lui aurait suffi.

— Voilà. Tu écoutes ? «Croyons savoir que vous avez à bord trois volontaires de plus STOP», lut-elle bien haut, se souvenant que, dans un télégramme, STOP marque la fin de chaque phrase. «Avons désespérément besoin de leurs services pour affaire urgence extrême STOP. Prière les déposer mardi sur lieu indiqué dans vers suivants STOP.» (Elle acheva de parcourir le message et plissa le front.) Ensuite, il y a deux extraits de poèmes, acheva-t-elle. L'un signé Lewis Carroll, l'autre T.S. Eliot.

Klaus tira son gros carnet de sa poche et le feuilleta résolument.

— « Second niveau de perception des vers », lut-il à voix haute. Tu sais bien, c'est le code que je vous ai expliqué dans la grotte. Dans ces bouts de poèmes, Quigley a dû changer deux ou trois mots de manière à indiquer où nous sommes censés le retrouver, sans que le premier venu puisse comprendre. Il faut repérer quels mots il a changés.

Violette lut à voix haute le premier extrait de poème :

« Huîtres, mes belles, venez, très chères ! »
Priait le Morse galamment.
« Et nous irons en devisant
Au cinéma Le Jupiter. »
(Lewis Carroll)

— C'est tout, dit-elle. C'est la fin qui a l'air de clocher.

— De toute manière, fit observer Klaus, les cinémas, du temps de Lewis Carroll, ça n'existait même pas. Bon, mais quels sont les vrais mots, dans le poème ?

— Aucune idée, avoua Violette. Toujours trouvé Lewis Carroll un peu trop farfelu pour moi.

— Moi, j'aime bien, mais je suis loin d'avoir tout retenu par cœur. Et l'autre poème ? Il nous dépannera peut-être.

Violette lut les vers suivants.

À l'heure fuchsia, quand l'échine et les yeux
Se relèvent du bureau, quand la machine
humaine attend
Comme un poney qui attend en piaffant...
(T.S. Eliot)

Sa voix fléchit. Elle regarda son frère, un peu égarée.

— C'est tout, dit-elle. Le message s'arrête là.

Klaus s'assombrit.

— Rien d'autre ?

— Juste quatre lettres, tout en bas : «c. c. : J. S.»
À ton avis, ça veut dire quoi ?

— C.c., c'est pour « copie conforme », expliqua
Klaus. Ça signifie que Quigley a envoyé une copie
du message à quelqu'un d'autre. J. S., c'est ce quelqu'un d'autre.

— Encore ces mystérieuses initiales, dit Violette.
Ça ne peut pas être Jacques Snicket, Quigley sait
très bien qu'il est mort. Mais qui d'autre, alors ?

— On ne va pas se casser la tête là-dessus, ce
n'est pas le moment. L'important, c'est de trouver,
dans ces poèmes, quels mots ont été remplacés.

— Mais comment faire ?

Klaus poussa un soupir.

— J'aimerais bien le savoir. Et j'aimerais bien
savoir ce qui prend à Quigley de s'imaginer que
nous savons ces poèmes par cœur !

— Je ne crois pas qu'il se l'imagine, dit Violette.
Il nous connaît. Mais la dépêche est adressée au
Queequeg, n'oublie pas. Il doit penser que quel-
qu'un, à bord, est qualifié pour déchiffrer ça.

— Quelqu'un à bord, et qui ? Sûrement pas
Fiona. Elle, sa passion, c'est les champignons. Et Phil
non plus. Il est bien trop optimiste pour savourer
un poète comme T.S. Eliot. Quant au capitaine
Virlevent, je le vois mal en mordu de poésie...

— Plus maintenant, c'est vrai, reconnut Violette. Mais rappelle-toi ce que nous a dit le frère de Fiona : le capitaine et lui discutaient poésie, tous les deux, autrefois.

— Hé ! c'est vrai, j'avais oublié. Ils se lisaient des poèmes à voix haute, ici même, à ce qu'il nous a dit.

D'un pas résolu, Klaus gagna le bahut. Il l'ouvrit grand et en inspecta le contenu.

— Sauf qu'il n'y a pas l'ombre d'un recueil de poésie là-dedans, conclut-il. Rien d'autre que les bouquins de Fiona, tous sur les champignons.

Violette réfléchissait.

— Tu sais ce que je me dis ? Le capitaine Virlevent ne m'a pas paru du genre à laisser traîner en évidence des bouquins de poésie. Il pourrait les avoir cachés, non ?

— Comme il nous avait caché ce qu'était devenu le frère de Fiona...

— Tu sais bien, il estimait qu'il est des secrets, en ce monde, trop horribles pour de jeunes esprits, rappela Violette. Sauf que maintenant, jeunes esprits ou pas, il faut qu'on sache.

Klaus fit silence un instant, puis il se tourna vers sa sœur.

— Il y a une chose que je ne t'ai jamais dite, commença-t-il, hésitant. Tu te souviens, le jour où nos parents étaient furieux à cause de cet atlas ?

— Oui, on en a reparlé dans la grotte, dit Violette. Il avait pris la pluie parce que nous avions laissé grande ouverte la fenêtre de la bibliothèque.

— Mais il n'y avait pas que ça, je crois, poursuivit Klaus. Cet atlas, j'étais allé le prendre sur l'étagère du haut, tout en haut. Pour l'attraper, j'avais perché l'escabeau sur une chaise. Ils n'auraient jamais cru que je pouvais atteindre cette étagère.

— Mais pourquoi ça les aurait mis en colère ?

Klaus baissa les yeux.

— Parce que c'était là qu'ils rangeaient les livres qu'ils ne voulaient pas qu'on trouve, murmura-t-il. Moi, c'était l'atlas qui m'intéressait, mais, quand je l'avais retiré de l'étagère, il y avait des tas d'autres bouquins par-derrière.

— Quel genre de bouquins ?

— Je n'avais pas vraiment regardé, avoua Klaus. Il y en avait quelques-uns sur la guerre, et deux ou trois romans d'amour, je dirais. Je tenais trop à consulter cet atlas pour m'attarder sur ces livres-là, mais je me souviens de m'être dit que c'était bizarre que nos parents les cachent. Et je crois que c'est pour ça qu'ils étaient si furieux, en fait. Quand ils ont vu cet atlas sur le rebord de la fenêtre, ils ont compris que j'avais découvert leur cachette.

— Et tu es retourné les regarder de plus près, ces bouquins, ensuite ?

— Pas eu l'occasion. Ils les avaient changés de place. Je ne les ai plus jamais revus.

— Peut-être que nos parents avaient l'intention de nous parler de ces livres plus tard, quand nous serions grands, suggéra Violette.

— Peut-être. Nous n'en saurons jamais rien. Tout ça a disparu dans l'incendie.

Les deux enfants se turent un instant, les yeux sur le grand bahut, puis, d'un accord tacite, ils traînèrent une petite table sous le bahut et ouvrirent la partie haute.

Sur l'étagère supérieure s'étalaient quinze à vingt ouvrages traitant de sujets sans intérêt – l'éducation des enfants, les régimes conseillés et déconseillés, le cycle de l'eau... Mais les enfants repoussèrent ces volumes de côté et par-derrière, comme ils l'avaient soupçonné, se trouvaient ceux qu'ils recherchaient.

— Elizabeth Bishop, lut Violette à mi-voix. Charles Simic, Pétrarque, Rainer Maria Rilke, Samuel Taylor Coleridge, Paul Verlaine, Franz Wright, Guillaume Apollinaire, Dante Alighieri, Daphne Gottlieb... Dis donc, il y en a même un sacré assortiment, de bouquins de poésie !

— Tiens, lui dit Klaus en lui tendant un gros volume tout empoussiéré. Si tu épluchais T.S. Eliot pendant que je m'attaque à Lewis Carroll ? En lisant vite et en diagonale, on devrait pouvoir repérer les vrais poèmes et, à partir de là, décoder le message.

— Oh... je viens de trouver autre chose, murmura Violette. Regarde.

Et elle plaqua dans la main de son frère un petit rectangle de papier fripé.

Klaus baissa les yeux. C'était un vieux cliché, pâle et un peu flou, le portrait de plain-pied de quatre personnes groupées comme pour une photo de famille. Au centre se tenait un grand moustachu, aux moustaches incurvées comme une paire de parenthèses : le capitaine Virlevent, bien sûr, quoique manifestement plus jeune et, surtout, plus réjoui que les enfants ne l'avaient vu. Il riait de bon cœur, enserrant d'un bras un tout jeune homme que les enfants reconnurent d'emblée : l'homme aux crochets, quoique sans crochets et même pourvu de belles grandes mains, l'une sur l'épaule du capitaine, l'autre désignant le photographe inconnu. Il faisait vraiment très jeune et, à mieux y regarder, c'était plutôt un adolescent qu'un jeune homme. À la gauche du capitaine se tenait une femme encore jeune et qui riait de bon cœur elle aussi, un bébé dans les bras – un bébé à petites lunettes triangulaires.

— Ça doit être la mère de Fiona, dit Klaus, examinant la dame qui riait.

— Et regarde, lui fit remarquer Violette, ça a été pris à bord du *Queequeg*. Tu as vu ? On voit le coin de la plaque avec la philosophie personnelle du capitaine, «...est perdu».

— Oui, murmura Klaus pensif. Et maintenant, c'est toute la famille qui est perdue, ou quasi. La mère de Fiona est morte. Son frère a rejoint Olaf. Et qui sait où se trouve leur beau-père, à l'heure qu'il est ?

Il posa le cliché sur la table et rouvrit son calepin à la première page, là où il avait collé une autre photo, pas toute récente non plus. Elle aussi montrait un groupe de quatre personnes. À gauche se tenait un homme qui se détournait de l'objectif, si bien qu'on ne voyait pas ses traits. Juste à côté se tenait Jacques Snicket, qui n'était plus de ce monde. Et les deux autres étaient les parents Baudelaire encore jeunes. Cette photo, Klaus la conservait pieusement depuis le jour où les trois enfants l'avaient découverte dans les archives de la clinique Heimlich. Tous les jours il contemplait le visage de ses parents et relisait la légende dactylographiée juste au-dessous. «En raison de l'indice examiné p. 9, les experts estiment aujourd'hui que l'incendie pourrait bien avoir laissé un survivant, mais nul ne sait pour l'heure où celui-ci se trouve.» Les enfants Baudelaire avaient cru un temps pouvoir déduire de ces lignes qu'un de leurs parents avait échappé au sinistre, mais à présent ils n'y croyaient plus guère.

Durant une longue minute, les yeux sur ces clichés, les deux enfants songèrent au temps où ceux qui figuraient là avaient été encore bien vivants, et apparemment heureux, puis Klaus ravala un soupir et se tourna vers sa sœur.

— On ferait peut-être mieux de ne pas hésiter, tu sais. Et d'aller libérer notre capitaine plutôt que de lire des poèmes et regarder des vieilles photos. Je ne voudrais pas perdre Fiona.

— Fiona ? dit Violette. Pas besoin de la libérer. Elle est avec son frère ; elle ne risque rien, va. Elle nous rejoindra dès qu'elle le pourra. Non, l'important, c'est de décrypter ce message. Ou nous risquons de tout perdre.

— Oui, mais... si nous le décryptons avant qu'elle arrive ? On l'attendra ou pas ?

— Pas obligatoirement. À nous trois, on doit pouvoir manœuvrer ce sous-marin sans trop de problèmes. Une fois le hublot réparé – ça va être la première chose à faire –, je ne crois pas que ce soit sorcier de sortir le *Queequeg* du *Carmelita*.

— Oui mais... laisser tomber Fiona ? dit Klaus, le front barré. On ne peut pas faire ça. Elle, elle ne le ferait pas.

— En es-tu si sûr ?

Il baissa les yeux vers la photo.

— Non, dit-il très bas. Allez, au boulot.

Et les aînés Baudelaire clorent momentanément

le débat pour ouvrir les recueils de poésie et s'efforcer de décoder le poème de Quigley utilisant le Second niveau de perception des vers.

C'était la première fois depuis longtemps qu'ils avaient enfin l'occasion de lire en paix dans un lieu tranquille, et c'était bon de tourner les pages sans bruit, à la recherche de mots précis, en prenant des notes au passage. Lire de la poésie, même lorsque ce n'est pas pour décrypter un message, peut inspirer un délicieux sentiment de puissance, un peu comme d'être le seul à avoir pris un parapluie un jour à grains, ou le seul à savoir défaire les nœuds quand toute la maisonnée se retrouve saucissonnée après le passage de cambrioleurs. Poème après poème, chacun des deux enfants se sentait un peu plus puissant – un peu plus wasabi, comme ils l'auraient dit dans leur langage codé – et, lorsqu'ils furent interrompus, ils sursautèrent de concert, mais c'était pour une heureuse surprise. Oui, décidément, le vent de la chance semblait avoir tourné.

— Snack! annonça dans leur dos une petite voix joyeuse, et Prunille surgit de la cuisine, un plateau à la main.

— Prunille! s'écria Violette. On croyait que tu dormais.

— Récup, déclara la petite; en clair: «J'ai fait une bonne petite sieste et, à mon réveil, j'ai eu envie de cuisiner un peu.»

— J'ai comme un petit creux, admit Klaus.
Qu'est-ce que tu nous as préparé ?

— Amuzgueul ! répondit Prunille ; en d'autres
mots : « Des petits canapés de châtaignes d'eau
garnis de fromage et de grains de sésame. »

— Mmm, pas mauvais du tout, assura Violette
après la première bouchée.

Et les trois enfants se partagèrent le plateau
d'amuse-gueule – mot signifiant ici « petits canapés
de châtaignes d'eau garnis de fromage et de grains
de sésame » – tandis que ses aînés *briefaient*
Prunille, mot déconseillé signifiant ici « racon-
taient à leur petite sœur tout ce qui s'était passé
tandis qu'elle suffoquait à l'intérieur d'un casque
de scaphandre ».

Ils lui révélèrent comment le monstrueux sous-
marin géant avait aspiré le *Queequeg*, et quel sinistre
commandant de bord était venu les accueillir. Ils lui
décrivirent le triste sort des scouts des neiges et
les hideux accoutrements d'Esmé d'Eschemizerre
et Carmelita Spats. Ils lui expliquèrent le principe
du Second niveau de perception des vers et quels
fragments de poèmes ils étaient en train d'essayer
de décoder de la sorte. Pour finir, ils lui révélèrent
que l'homme aux crochets était le frère aîné de
Fiona, perdu de vue depuis des années, et que peut-
être, avec sa sœur, il allait les rejoindre à bord du
Queequeg.

— Perfido, commenta Prunille ; autrement dit : «Ce serait de la folie que de faire confiance à un homme de main du comte Olaf.»

— On ne lui fait pas confiance, précisa Klaus. Pas vraiment. Mais Fiona a confiance en lui, et nous, en Fiona.

— Versati, assura Prunille.

— Exact, reconnut Violette, mais ce n'est pas comme si nous avions le choix. Nous sommes au fond de l'océan...

— Et il nous faut regagner la plage, compléta Klaus, brandissant soudain le volume intitulé : *Lewis Carroll, Œuvres complètes*, qu'il avait continué de parcourir des yeux tout en discutant. Ça y est, je crois que j'ai résolu une partie de notre énigme. Carroll a écrit un poème intitulé «Le Morse et le Charpentier».

— Morse ? dit Violette. Il est question d'un morse dans la dépêche de Quigley.

— J'ai eu un peu de mal à trouver la bonne strophe, enchaîna Klaus, mais voilà, je la tiens. Quigley a écrit :

«Huîtres, mes belles, venez, très chères !»
Priait le Morse galamment.
«Et nous irons en devisant
Au cinéma Le Jupiter.»

— Et que dit le vrai poème ? s'enquit Violette.
Klaus lut bien haut :

«Huîtres, mes belles, venez, très chères !»
Priait le Morse galamment.
«Et nous irons en devisant
Sur la plage de Malamer.»

Il referma le livre et se tourna vers ses sœurs.

— Quigley nous donne rendez-vous mardi, c'est-à-dire demain, sur la plage de Malamer.

— La plage de Malamer, murmura Violette.

Elle n'avait pas besoin de rappeler à ses cadets ce qui s'était passé sur cette plage, la dernière fois qu'ils y avaient mis les pieds. C'était là que M. Poe était venu leur annoncer que, pour eux, le vent de la chance avait tragiquement tourné. En silence, ils revoyaient ce terrible jour, presque aussi pâle et flou que la photo de famille de Fiona ou que celle de leurs parents, collée dans le gros carnet de Klaus. Retourner après si longtemps sur la plage de Malamer leur semblait un immense pas en arrière, un peu comme de perdre à nouveau leurs parents et leur nid, comme si M. Poe devait à nouveau les conduire chez le comte Olaf, comme si leurs désastreuses aventures allaient à nouveau s'abattre sur eux une à une, telles les vagues s'abattant sur les flaques au creux des rochers, sans souci des petites vies tranquillement installées là.

— Et on y va comment, là-bas ? s'inquiéta Klaus à voix haute.

— Avec le *Queequeg*, répondit Violette. Il n'y a pas d'autre moyen. Ce sous-marin dispose sûrement d'un système de localisation. Une fois qu'on saura où on est au juste, je devrais être capable de mettre le cap sur Malamer.

— Lontano ? s'informa Prunille.

— Pas si loin que ça, je pense, dit Klaus. Je vais vérifier sur les cartes. Bon, mais une fois là-bas, qu'est-ce qu'on fera ?

— Je crois que j'ai la réponse, dit Violette, se penchant sur son recueil de poèmes de T.S. Eliot. Les vers qu'a utilisés Quigley sont tirés d'un très long poème intitulé «La terre en friche».

— Hmm ! j'ai essayé de le lire, un jour, dit Klaus. Mais j'ai trouvé ça trop difficile. Trop obscur. C'est à peine si j'ai compris un mot.

— C'est peut-être entièrement codé, dit Violette. Mais bref, écoutez plutôt. Quigley a écrit :

À l'heure fuchsia, quand l'échine et les yeux
Se relèvent du bureau, quand la machine
humaine attend
Comme un poney ronge son frein en piaf-
fant...

Alors que le vrai poème dit :

À l'heure violette, quand l'échine et les yeux
Se relèvent du bureau, quand la machine
humaine attend
Comme...

— Comme un éléphant dans un jeu de quilles !
compléta une voix sarcastique. Comme des bretelles
à une anguille ! Rime riche, rime riche, hémistiche !
Tchi que tchi que tchi, poésie ! Dénoui-dénoua
opéra !

Les trois enfants levèrent les yeux. Déjà le comte
Olaf enjambait le hublot et bondissait sur la table.
Derrière lui venait Esmé, pouffant sous sa capuche
de pieuvre, et derrière encore le *tap ! tap ! tap !* des
petits souliers de Carmelita, dont le vilain minois ne
tarda pas à s'encadrer dans la trouée du hublot.

— Ô ma bonne étoile ! s'extasia Olaf. Je suis
plus verni qu'un piano ! Quand j'ai fait un tour au
cachot, pour voir où en étaient les choses, et que j'ai
su que vous aviez filé, petits scorpions, je me suis
dit : «Nom d'un lamantin ! Ils doivent être en train
de prendre le large, ou de saboter le *Carmelita*, ou
d'appeler des secours par télex !» Ha ! j'aurais dû
m'en douter, que vous étiez trop simplets pour agir
efficacement ! Voyez plutôt : en plein casse-croûte,
à lire des poèmes ! Ah ! que c'est attendrissant ! À
se rouler par terre en poussant des petits cris ! Ha
ha ha, piège à rat !

— D'ici une demi-heure, fanfaronna Esmé, grâce à mes rameurs, nous débarquerons à l'hôtel Dénouement. Hé hé, lauriers coupés ! Le dernier lieu sûr de S.N.P.V. sera bientôt rasé ! Comme la jolie maison de vos parents, enfants Baudelaire !

— Oui, clama Carmelita, et moi, je donnerai un récital spécial !

Et la chipie franchit le hublot à son tour, son tutu frémissant comme de la gelée, pour rejoindre Olaf sur la table et entamer sa danse de guerre.

C comme captivan-an-an-anteuh !
A comme ensor...

— Euh, Carmelita, dit le comte Olaf avec un petit sourire nerveux. Si tu le réservais pour plus tard, ce récital ? Je t'offrirai tous les costumes de scène que tu voudras. Une fois S.N.P.V. mis hors jeu, toutes les grosses fortunes du globe pourront tomber dans ma poche – fortune Baudelaire, fortune Beauxdraps, fortune Virlevent...

— Où est Fiona ? coupa Klaus. Qu'avez-vous fait d'elle ? Si vous lui avez fait du mal...

— Du mal ? gloussa Olaf, ses yeux comme des diamants sous son sourcil en broussaille. Du mal, à Zyeux-en-triangle ? En voilà des idées ! Une enfant si brillante ! Hé hé hé, engagée !

Et d'un geste pompeux, en acteur raté qu'il était,

le comte désigna le hublot dans lequel venaient de s'encadrer deux nouveaux arrivants. En les voyant, Esmé, en actrice ratée qu'elle était, joignit ses tentacules dans une mimique d'extase.

Le premier de ces arrivants était l'homme aux crochets, le regard toujours aussi louche et le sourire aussi fourbe.

Le deuxième était Fiona, qui semblait légèrement changée. Sur ses traits, pour commencer, se lisait une expression étrangement résignée, mot signifiant ici «comme si la jeune mycologue avait définitivement renoncé à vaincre le comte Olaf». Mais la vraie nouveauté s'affichait sur son uniforme étanche, imprimée en gros, bien centrée sur l'estomac.

— Non, souffla Klaus très bas, et il plongea son regard dans celui de Fiona.

— Non, dit Violette d'un ton ferme, et elle se tourna vers son frère.

— Non ! fit Prunille avec un accent de colère, et elle montra les dents.

Souple comme un chat, Fiona franchit le hublot et vint se planter sur la grande table à côté du comte Olaf, effleurant de la pointe des pieds les livres de poésie que Klaus et Violette venaient de consulter.

Sur l'œuvre poétique de Lewis Carroll comme sur celle de T.S. Eliot, les avis sont partagés. Certains trouvent les vers de Carroll trop absurdes, mot signifiant ici «truffés de drôleries sans queue ni tête», certains jugent ceux d'Eliot trop abscons, mot signifiant ici «obscurs et contournés à plaisir». Les avis divergent peu, en revanche, sur l'œuvre du poète dont Fiona arborait l'effigie. Chacun s'accorde aujourd'hui, hélas pour lui! à trouver ses poèmes à la guimauve plus soporifiques que des litres de tisane.

— Si, répondit Fiona à mi-voix.

Et les enfants Baudelaire, à la vue d'Edgar Guest qui souriait de toutes ses dents sur l'uniforme de leur ex-amie, crurent sentir le vent de la chance virer tristement une fois de plus.

CHAPITRE
XIII

Le cycle de l'eau repose sur
trois phénomènes : évaporation, précipitations, ruissellement – et le ruissellement,
troisième de ces phéno-
mènes, est le troisième
des phénomènes
constituant ce
que l'on

nomme communément «cycle de l'eau». Ce phénomène, connu sous le nom de «ruissellement», est le
processus par lequel l'eau s'assemble en ruisselets,
rigoles, ruisseaux, rivières, fleuves et caniveaux pour
former les océans, les lacs, les étangs, les mares, les
marais, les flaques et tutti quanti, et subir à nouveau
les phénomènes d'évaporation et de précipitations,
afin de reprendre à zéro tout le processus du cycle
de l'eau. Rien n'est plus assommant, pour un lecteur,
que de tomber sur pareille description, et j'espère
que celle-ci vous aura suffisamment ennuyé pour que
vous ayez depuis longtemps refermé ce volume, de
sorte que vous ne lirez pas ce chapitre 40 concernant La grotte Gorgone – pas plus que les orphelins
Baudelaire ne lurent le chapitre 39 de *Secrets intimes
des champignons*, en dépit des renseignements
cruciaux contenus dans ce chapitre-là.

Cela dit, aussi exécrable que soit le cycle de l'eau
pour un lecteur, il l'est sans doute plus encore pour
les gouttelettes recyclées sans trêve. Parfois, au
milieu de cette longue et lourde tâche qui consiste
à relater les misères des orphelins Baudelaire,
je relève l'échine et les yeux de mon bureau et
contemple le ciel du soir – dont la teinte justifie
pleinement l'expression «heure violette» – et je
m'imagine en goutte d'eau. Je me dis qu'il doit être
horrible d'être ainsi arraché à ses proches, alors
qu'on était si tranquille au creux d'une flaque ou

d'un étang, et de se faire aspirer dans les airs par le processus de l'évaporation. Je me dis qu'il doit être atroce, ensuite, de se faire expulser d'un nuage et de retomber sur terre à la façon d'un sucrier jeté par la fenêtre. Et je songe au crève-cœur que doit être, lorsqu'on vient juste de retrouver les siens au milieu de quelque plan d'eau, l'obligation de repartir vers les nues pour reprendre à zéro ce damné cycle de l'eau. Dure vie que d'être ainsi toujours poussé vers de nouveaux rivages, toujours pourchassé par des forces obscures, sans jamais se trouver un lieu sûr, un port d'attache, un chez-soi – dure vie que partageaient les orphelins Baudelaire, et crève-cœur pour eux que de voir Fiona les trahir comme tant d'autres avant elle, alors même qu'ils venaient de se dire que peut-être la chance était en train de tourner, que peut-être ils allaient briser le cycle de leurs désastreuses aventures.

— Dis-le-leur, Zyeux-en-triangle, susurra le comte Olaf avec son sourire diabolique. Explique aux Baudelaire que tu as choisi mon camp.

— C'est vrai, articula Fiona, mais derrière ses lunettes, ses yeux étaient rivés sur ses pieds. Le comte Olaf me dit que si je l'aide à raser le dernier lieu sûr, il m'aidera à retrouver mon beau-père.

— Mais ton beau-père et le comte Olaf sont ennemis jurés ! éclata Violette. Ils sont de bords opposés !

— Ça, je n'en mettrais pas ma tête à couper, intervint Esmé qui franchissait le hublot à son tour avec de petits bruits de ventouse. Après tout, Fiona, il t'a plantée là, non ? Peut-être bien qu'il a compris que les volontaires, c'était fini. *Out.* Démodé. Ringard.

— Et comme ça, reprit Fiona, nous trois, mon frère, mon beau-père et moi, on pourra enfin être ensemble. Vous ne comprenez pas, les Baudelaire ?

— Eux, comprendre ? gloussa Olaf. Il ne faut pas rêver ! Hé hé hé, demeurés ! Ces vermisseaux passent tout leur temps le nez dans des livres, à se liquéfier le cerveau ! Bon, et maintenant, hop, vous autres ! Mettez-moi ce *Queequeg* à sac. Et au cachot, les orphelins !

— Oui, et cette fois, prévint l'homme aux crochets, pas question de nous filer entre les pattes, vous pouvez me croire !

— On ne vous a pas filé entre les pattes, rappela Klaus avec aplomb. Vous nous avez aidés à revenir ici en douce pour sauver Prunille. Même que vous aviez dit que vous vouliez venir avec nous quand on s'évaderait à bord du *Queequeg* pour rejoindre S.N.P.V. et le dernier lieu sûr.

— S.N.P.V. ! siffla l'homme aux crochets, et d'un coup de crochet bien calculé, il creva l'un des ballons que Phil avait attachés là pour l'anniversaire de Violette. S.N.P.V. ! Ces abrutis de volontaires avec leurs précieuses bibliothèques et leurs codes à dormir debout ! Des ballots, tous autant qu'ils sont. Aucune envie de passer ma vie le nez dans leurs stupides bouquins ! Celui qui hésite est perdu !

— Ou celle, dit Fiona. Aye !

— Absolument, approuva Olaf. N'hésitons plus une seconde, Crochu ! Pillons ce sous-marin !

— Hé ! attendez-moi, s'écria Esmé. Je n'ai plus rien à me mettre !

— D'accord, patron, dit l'homme aux crochets, gagnant la porte de la grande salle. Suivez-moi.

Mais Olaf l'écarta brutalement.

— C'est *moi* qu'on suit ! C'est moi qui commande, ici !

— Mais, oncle Olaf, geignit Carmelita, sautant à bas de la table avec une élégance discutable, c'est moi qui dois passer la première, en tant que princesse-fée-ballerine-vétérinaire !

— Tout à fait, trésor, dit Esmé. Tu as droit à tout ce que ton petit cœur désire. N'est-ce pas, Olaf ?

— Mouais, bon, marmotta Olaf.

— Et dites à Zyeux-en-triangle de rester ici à garder ces orphelins, ajouta Carmelita. Sans ça, elle irait se mettre dans les poches tout ce qu'il y a de plus beau !

Et les quatre charmants personnages s'enfoncèrent dans les entrailles du *Queequeg*, laissant les enfants Baudelaire en tête-à-tête avec Fiona.

— Féloni, gronda Prunille.

— Elle a raison, dit Violette. Ne fais pas ça, Fiona. Il est encore temps pour toi de changer d'avis, et de rester du côté noble du schisme.

— Nous avons reçu un Semainier des nouveaux potins validés, ajouta Klaus, brandissant le message. S.N.P.V. a besoin de nous de toute urgence. Rendez-vous sur la plage de Malamer. Tu pourrais venir avec nous, tu sais.

— Dépann ! renchérit Prunille, véhémente : autrement dit : « Tu pourrais nous être d'un grand secours ! », mais Fiona n'attendit même pas la traduction.

— Vous ne vouliez pas laisser tomber votre sœur, rappela-t-elle à Klaus et Violette. Aye ! Vous étiez prêts à risquer votre vie pour la sauver. Et vous voudriez que je laisse tomber mon frère ?

— Ton frère est une canaille, dit Violette.

— Parce que tu crois qu'il y a des gens bien et des gens mauvais ? rétorqua Fiona. Non. Les gens sont comme des salades du chef.

Klaus prit la photo restée sur la table et la tendit à Fiona.

— Et ça, à ton avis, dit-il, c'est une salade du chef ? Moi, ça m'a tout l'air d'une famille. Tu crois que c'est ce que les tiens aimeraient te voir faire, Fiona ? Aider à jeter trois innocents au cachot, aider une crapule dans ses entreprises crapuleuses ?

Fiona regarda le cliché et battit des paupières derrière ses lunettes pour refouler ses larmes.

— Famille ? dit-elle. Pour ce qu'il m'en reste ! Aye ! Ma mère est morte. Aye ! Mon père est parti. Aye ! Mon beau-père m'a laissée en plan. Aye ! Mon frère n'est peut-être pas aussi merveilleux que vous trois, les Baudelaire, mais il est tout ce que j'ai au monde. Aye ! Je reste avec lui. Aye !

— Reste avec lui s'il le faut, dit Violette, mais au moins laisse-nous filer.

— Rendévou, dit Prunille.

— Emmène-nous jusqu'à Malamer, traduisit Klaus. Nous sommes peut-être de bords différents, Fiona, ça ne nous interdit pas de nous entraider.

Fiona étouffa un soupir. Son regard se posa sur Klaus, puis sur Violette, puis de nouveau sur la photo.

— Je pourrais tourner le dos, dit-elle, au lieu de vous surveiller.

— Et nous pourrions prendre le *Queequeg*, dit Violette, et nous évader.

Fiona s'assombrit et reposa la photo sur la table.

— Si je vous laisse regagner Malamer, dit-elle, que ferez-vous pour moi ?

— Je te montrerai comment remettre à neuf un sous-marin, proposa Violette. Tu pourrais restaurer le *Queequeg*, le rendre aussi beau qu'au temps de sa gloire.

— Le *Queequeg* ? Je n'en ai plus rien à faire. Je navigue sur le *Carmelita*.

— Je te donnerai mon calepin, dit Klaus, tirant de sa poche son carnet bleu nuit. Il est bourré de secrets importants.

— Des secrets, Olaf en connaît plus que vous n'en découvrirez jamais.

— Mmmph !

Les enfants se retournèrent et virent Prunille, qui s'était éclipsée sans bruit, traîner à grand-peine sur le plancher un objet lourd rapporté de la cuisine.

Son casque de scaphandre !

— Prunille, non ! cria Violette. Il est trop dangereux, le champignon qui est là-dedans ! Et nous n'avons plus un gramme d'antidote !

— Mycolo, dit Prunille, lâchant le casque aux pieds de Fiona.

— Prunille a raison, traduisit Klaus avec un frisson. À l'intérieur de ce casque se trouve la plus redoutable et la plus redoutée de toutes les hydres du panthéon fongique – la fausse golmotte médusoïde.

Fiona leva les sourcils.

— Je croyais que vous l'aviez détruite.

— Non, dit Violette. Tu nous avais expliqué que le poison d'un champignon mortel peut devenir la source de précieux médicaments. Et que celui-ci se plaisait dans les espaces confinés. C'est donc un spécimen de valeur pour une mycologue comme toi.

— Pas faux, reconnut Fiona, les yeux sur ce casque à ses pieds.

Les quatre enfants se turent. Ils revivaient en pensée la terrible expédition à la grotte. Ils se revoyaient dériver dans le goulot d'eau noire et glacée, ils revoyaient l'affreux régiment de champignons leur interdisant toute sortie. Ils revoyaient le tragique retour, la découverte du *Queequeg* désert, les champignons dans le casque de Prunille, l'odieux sous-marin pieuvre sur l'écran du sonar, le rire du scélérat venu les accueillir après la capture du petit submersible. Et justement...

— Coucou, nous revoilà ! annonça Olaf dans leur dos.

Et la petite équipe redéboula dans la grande salle, Esmé et Carmelita cramponnées à un coffret, l'homme aux crochets titubant sous le poids d'une moisson d'uniformes et de casques.

— Pas grand-chose à piquer, malheureusement, grogna Olaf. Ce sous-marin n'est plus que l'ombre de ce qu'il était. Enfin ! il y avait tout de même ce petit coffre à bijoux caché sous une couchette, et deux ou trois bricoles de valeur.

— Cette bague à rubis est très tendance, roucoula Esmé. Elle s'accordera divinement avec ma robe de flammes.

— Elle était à ma mère, dit Fiona d'une voix plate.

— Elle aurait adoré que ce soit moi qui l'aie, s'empressa de minauder Esmé. Nous étions excellentes amies, à l'école.

— Moi, je veux le collier ! décréta Carmelita. Il ira très bien avec mon stéthoscope de vétérinaire ! Donne-le-moi, oncle Olaf.

— J'aimerais bien que ces monstres de foire soient ici, dit l'homme aux crochets. Ils pourraient m'aider à transporter tout ça.

— Tu les retrouveras à l'hôtel Dénouement, dit le comte Olaf. Avec le reste de la bande. Bon, et maintenant, on sort d'ici. Il ne manque pas de choses à faire avant l'arrivée là-bas. Zyeux-en-triangle, emmène ces orphelins au trou, et troulala itou !

Fredonnant un air stupide, le scélérat esquissa une petite danse de triomphe – et se cogna le pied un bon coup contre le casque posé par terre. Carmelita éclata de rire.

— Oncle Olaf, je danse mieux que toi !

— Ôte ça d'ici, Zyeux-en-triangle, grommela le comte.

Il se pencha vers le casque pour le faire rouler vers Fiona, mais l'homme aux crochets l'arrêta net.

— Patron, vous savez quoi ? Si j'étais vous, ce casque, je me le garderais pour moi.

— Je ne raffole pas de ce genre de couvre-chef, dit le comte Olaf, mais bon, merci, c'est gentil à toi.

— Ce que veut dire mon frère, expliqua Fiona, c'est que, dans ce casque, il y a un champignon ultra-précieux : la fausse golmotte médusoïde.

Les enfants Baudelaire échangèrent un regard horrifié. Le comte Olaf se pencha vers le casque, les yeux immenses sous son sourcil unique.

— La fausse golmotte médusoïde, répéta-t-il lentement, puis il passa la langue sur ses dents jaunes. Serait-ce bien vrai ?

— Impossible, déclara Esmé. Voilà belle lurette que ce champignon a été détruit.

— Ils l'ont rapporté avec eux, expliqua l'homme aux crochets. Depuis la grotte. C'est pour ça que la petite était si malade.

— Merveilleux, susurra le comte Olaf, la voix plus sifflante que si le poison l'avait touché. Sitôt qu'on vous aura jetés au trou, les orphelins, j'ouvrirai ce casque et je le lancerai à l'intérieur. Vous souffrirez comme j'ai toujours rêvé de vous voir souffrir !

— Pas question ! s'indigna Fiona. Ce spécimen est bien trop précieux.

Esmé enlaça Olaf de ses tentacules.

— Zyeux-en-triangle a raison, ne gaspillons pas ce précieux champignon sur des orphelins. D'ailleurs, Olaf, je te rappelle qu'il nous faut l'un de ces trois-là bien vivant pour encaisser la fortune Baudelaire.

— Oui, bon, c'est vrai, grommela Olaf. Mais l'idée de les voir étouffer est tellement tentante !

— Eh bien, résiste à la tentation. Songe plutôt à toutes ces fortunes que nous allons bientôt rafler ! Songe à tous ces gens que nous mènerons à la baguette ! Avec la fausse golmotte médusoïde en prime, qui pourra nous résister ?

— Rien ni personne ! rugit Olaf en extase. Hé hé hé, canard laqué ! Tiaf tiaf tiaf, oreilles d'Haman aux dattes ! Ha ha ha...

Mais les enfants Baudelaire ne surent jamais ha ha ha quoi d'autre, car le comte Olaf se tut net, les yeux sur l'écran du sonar – cet écran baigné d'une lumière verte sur lequel la lettre *Q* représentant le *Queequeg* s'inscrivait au centre, fluorescente, au milieu d'un œil non moins fluorescent représentant le sous-marin pieuvre qui l'avait avalé.

Tout en haut de l'écran quadrillé venait d'apparaître une autre forme, une forme que les enfants avaient presque oubliée. C'était une forme plus grande que les deux autres, sorte d'immense tuyau incurvé avec un petit cercle à une extrémité, et qui sinuait vers le centre de l'écran à la façon d'une anguille ou d'un point d'interrogation – ou de quelque autre monstre malveillant que les enfants ne pouvaient même pas imaginer.

— Hé ! c'est quoi, ce truc à la pifgalette ? s'enquit Carmelita. On dirait une grosse virg...

— Chut ! fit Olaf, la bâillonnant d'une main sale. Silence ! Silence tout le monde !

— Il faut nous arracher de là, murmura Esmé. Le *Carmelita* n'est pas de taille à affronter ce... cette chose.

— Exact, marmotta Olaf. Esmé, va faire accélérer tes rameurs. Crochu, range ces uniformes quelque part. Zyeux-en-triangle, conduis ces orphelins au cachot.

— Et moi ? chuchota Carmelita.

— Toi, tu viens avec moi, dit le comte d'un ton las. Mais pas de claquettes, hein ! Ne va pas nous faire repérer par leur sonar.

— Bye bye, les pifgalettes, murmura Carmelita en passant sous le nez des orphelins.

— Quel style, mon trésor ! s'émerveilla Esmé. Comme je dis toujours : on n'est jamais trop chic ni trop riche.

Les deux mégères enjambèrent le hublot et redisparurent, suivies de l'homme aux crochets qui salua les enfants Baudelaire d'un signe du bras, gauche et un peu raide. Quant au comte Olaf, avant de se retirer, il marqua un arrêt sur la table de chêne, son sabre pointé vers les enfants.

— Votre chance a tourné, mes agneaux, dit-il entre ses dents. Longtemps vous avez déjoué mes plans et filé entre mes mains. Mais ce cycle infernal est brisé. Vous n'avez plus nulle part où aller. Une fois que nous aurons déjoué *ceci* – il indiqua le sonar et son sourcil se tordit vilainement –, vous verrez ! Vous auriez dû renoncer voilà des mois, orphelins. Pour dire vrai, j'avais déjà gagné le jour où vous avez perdu les vôtres.

— Nous n'avons pas perdu les nôtres, soutint Violette. Seulement nos parents.

— Vous perdrez tout. Attendez un peu.

Sur ce, enjambant le hublot, le comte Olaf disparut à son tour. De nouveau, les enfants Baudelaire se retrouvèrent seuls avec Fiona.

— Tu vas nous emmener au cachot ? s'informa Klaus.

— Non, répondit-elle. Aye ! Je vais vous laisser vous évader. Si vous y arrivez. Vous feriez mieux de ne pas perdre une seconde.

— Klaus sait lire une carte marine, dit Violette, et moi, je sais tenir un cap.

— Gatô, dit Prunille.

Fiona eut un sourire bref, et elle parcourut la grande salle d'un regard infiniment triste.

— Prenez bien soin du *Queequeg*, dit-elle. Il va me manquer. Aye !

— C'est *toi* qui vas nous manquer, dit Klaus. Si tu venais avec nous, Fiona ? Tu pourrais nous être d'un précieux secours. Avec la fausse golmotte médusoïde aux mains d'Olaf... Et la mission du *Queequeg*, tu ne veux donc plus la mener à bien ? Nous n'avons pas retrouvé ce sucrier. Nous n'avons pas retrouvé ton beau-père. Nous avons à peine commencé à inventer ce code dont nous avions le projet...

Mais Fiona fit non de la tête et gagna la table de chêne. Elle prit en main *Secrets intimes des champignons*, parut réfléchir et, brusquement, elle agit en contradiction avec sa philosophie personnelle, expression signifiant ici «hésita un instant, regardant Klaus droit dans les yeux».

— Quand tu penseras à moi, dit-elle enfin à mi-voix, pense à quelque chose qui se mange et que tu aimes tout spécialement.

Elle se pencha en avant, embrassa Klaus très vite sur le coin de la bouche et s'éclipsa par le hublot sans même un «Aye !» d'adieu. Les trois enfants, en silence, écoutèrent l'écho de ses pas s'éloigner, puis mourir. Elle avait rejoint la bande d'Olaf.

— Elle est partie, murmura Klaus incrédule, portant une main tremblante à sa joue, comme s'il y restait une marque de gifle et non de baiser. Comment a-t-elle pu ? Ça s'appelle trahir. Elle nous a trahis. Quand on est quelqu'un comme elle, comment peut-on faire des choses pareilles ?

— Son frère n'a peut-être pas tout à fait tort, dit Violette, lui pressant l'épaule. Peut-être qu'il n'y a pas réellement d'un côté les bons et de l'autre, les méchants.

— Correctiona! intervint Prunille; en d'autres mots : «Mais Fiona non plus n'avait pas tort : on ferait bien d'accélérer le mouvement, parce qu'il vaudrait mieux être loin quand Olaf trouvera le cachot vide.»

— Je fonce aux machines, dit Violette.

— Je sors les cartes marines, dit Klaus après un dernier coup d'œil au hublot.

— Amnési! alerta Prunille, autrement dit : «Hé! vous oubliez un détail!»

D'un geste pressant, elle désignait quelque chose à terre : le cercle de verre du hublot.

— Hou là! s'avisa Klaus. Il faut vite réparer ça! En plongée, ça ferait du grabuge.

— Tu veux bien t'en occuper, Prunille? lança Violette du haut de l'échelle de corde. Moi, il faut que je voie un peu à quoi ressemblent ces commandes, et que je trouve comment faire pour mettre le cap sur Malamer.

— Culine, protesta Prunille. Culine et croc, entendant par là : «Je ne suis pas vitrier, moi!»

— Vous croyez qu'on a le temps de discuter? dit Klaus, un œil sur le sonar. L'espèce d'énorme anguille approche, vous savez!

— Aye! répondit Prunille; ce qui signifiait : «Bon, ça va, je m'y mets!»

Et de ses petites mains, avec soin, elle ramassa le cercle de verre. Il était toujours intact, mais comment le ressouder?

— Je crois que j'ai trouvé comment déterminer notre position! lança Violette depuis le poste de commande. (Tout en parlant, elle observait l'écran qu'elle venait d'allumer et qui revenait à la vie sans se presser.) Oui, voilà, c'est ça! Apparemment, Klaus, nous sommes à quatorze milles nautiques au sud-est de la grotte Gorgone. Ça te va, comme indication?

— Aye! répondit Klaus, promenant le doigt sur une carte. Je vois! La plage de Malamer est plein nord. Pas tellement loin d'ici, d'ailleurs. Reste à sortir du *Carmelita*, et ça, c'est une autre paire de manches!

— Je commence par lancer les machines, annonça Violette. Ensuite, je vais tenter une marche arrière le long du tunnel...

— Tu as déjà tenu les commandes d'un sous-marin? demanda Klaus, pas très rassuré.

— Comme si tu ne connaissais pas la réponse! Nous sommes en *terra incognita*, aye?

— Aye! répondit Klaus sobrement.

Et il leva les yeux un quart de seconde, le temps de jeter un regard de fierté sur sa sœur. Il la vit abaisser une énorme manette et tous deux sourirent malgré eux en entendant les machines du

Queequeg s'ébrouer, puis emplir la grande salle de leur ronronnement familier.

— Dééégagez! cria Prunille qui fonçait vers la cuisine, frôlant Klaus au passage.

Ses aînés l'entendirent farfouiller, puis ils la virent repasser, toujours au galop, chargée de deux grosses boîtes qu'ils reconnurent au premier coup d'œil – souvenir de leur séjour à La Falotte.

— Gum! lança la petite d'un ton triomphal, et elle se mit en devoir de déballer à toute allure une douzaine de tablettes de gomme à mâcher pour se les fourrer dans la bouche et mastiquer avec ardeur.

— Tu as raison, Prunille! commenta Violette. Ça devrait être parfait, comme mastic.

Mais Klaus surveillait le sonar et les nouvelles étaient mauvaises.

— Cette espèce de truc tordu se rapproche, signala-t-il à ses sœurs. Il est vraiment temps de filer. Prunille, tu peux achever la réparation pendant qu'on recule dans le tunnel?

— Klaus! appelait Violette en même temps. Je vais avoir besoin de ton aide. Tu veux bien te mettre au hublot et me piloter? Aye?

— Aye! répondit Klaus.

— Aye! lui fit écho Prunille, la bouche pleine.

Et ses aînés se rappelèrent, émus, qu'au temps de leur séjour à la scierie elle était encore trop petite pour la gomme à mâcher, ne disposant que de quatre dents de devant. Et voilà qu'à présent elle mâchait allègrement la substance gluante et caoutchouteuse.

— Prête ! cria Violette depuis les commandes. Quelle direction je prends ?

Klaus passa le nez au hublot.

— À droite, toutes !

Le *Queequeg* s'ébranla avec un hoquet, prêt pour son délicat cabotage le long du tunnel, dans une hauteur d'eau à peine suffisante pour emplir des bottes. Il y eut un affreux râclement, suivi d'un *flic-floc* sonore depuis l'intérieur d'un tuyau.

— Euh, pardon ! je voulais dire «à gauche, toutes !», rectifia Klaus en hâte. Ce qu'il y a, c'est qu'on se tourne le dos, toi et moi ! À gauche, à gauche, Violette, vite !

— Aye ! dit Violette, et le sous-marin fit une embardée dans la direction opposée.

À travers le hublot, Klaus regarda s'éloigner la plate-forme sur laquelle Olaf les avait sarcastiquement accueillis. Pendant ce temps, dans son dos, Prunille recrachait une grosse boule de gomme mâchouillée, et, de ses petites mains prestes, elle s'employait à la répartir sur le pourtour du cercle de verre.

— À droite, toutes ! *Vraiment* à droite, cette fois ! cria Klaus, et Violette fit obliquer le submersible, frôlant un coude du tunnel.

Puis elle tendit le cou pour jeter un regard au sonar, en contrebas. La sinistre anguille s'était encore rapprochée.

— À gauche ! hurla Klaus, à gauche et vers le bas !

Par le hublot, il entrevit la salle des rameurs, où Esmé agitait un tentacule. À toute allure, Prunille fourra dans sa bouche une nouvelle fournée de gomme à mâcher et se remit à mastiquer avec une énergie redoublée.

— À gauche encore ! reprit Klaus. Et, très bientôt, à droite toutes quand je crierai : «Go !»

— Là maintenant ? demanda Violette.

— Non, pas encore, répondit Klaus, tandis que Prunille recrachait son nouveau stock de mastic. *Go !*

Le sous-marin fit une embardée sur la droite, et la table de chêne envoya choir les quelques objets restés dessus. Prunille rentra le cou à temps pour ne pas se faire assomer par les poèmes de T.S. Eliot.

— Désolée pour les cahots ! lança Violette depuis le poste de commande. Et maintenant ?

Klaus passa la tête au hublot.

— Maintenant, tout droit, ça devrait être bon ! Sortie en vue.

— Help ! appela Prunille qui achevait de répartir la gomme à mâcher sur le pourtour du verre.

Klaus bondit auprès d'elle et Violette descendit

l'échelle de corde, non sans avoir mis en place le pilote automatique pour une progression en ligne droite. À eux trois, précautionneusement, ils soulevèrent le cercle de verre, puis se perchèrent sur la grande table afin de le présenter au hublot.

— J'espère que ça va tenir, dit Violette.

— Ça, on le saura bientôt, dit Klaus.

— Atroi! dit Prunille; ce qui signifiait, en gros: «Je compte jusqu'à trois et hop! on le met en place!» Iin! Duuu!

— Trois! s'écrièrent en chœur les enfants Baudelaire.

Et ils encastrèrent le cercle de verre dans la trouée découpée net par le sabre d'Olaf, puis s'empressèrent de tamponner la gomme à mâcher le long de la jointure afin de bien obturer le tout.

Il était temps. Avec une secousse, le *Queequeg* déboula hors du sous-marin mastodonte et se retrouva libre dans les eaux glacées des profondeurs. De toutes leurs forces, les trois enfants firent pression sur la vitre remise en place, arc-boutés, bras tendus, comme s'ils cherchaient à empêcher un intrus d'entrer. Il y eut bien un ruisselet ou deux, l'équivalent d'un sanglot de crocodile, mais Prunille tapota la gomme à mâcher ici, puis là, et elle eut tôt fait de colmater les fuites.

Elle achevait de lisser la soudure, de ses petites mains agiles, soucieuse d'obtenir un masticage à toute épreuve, lorsqu'elle entendit ses aînés retenir leur souffle. Elle leva les yeux de son travail, regarda à travers le hublot – et, à son tour, elle eut un choc.

En dernière analyse – expression signifiant ici «tout bien pesé et après enquête» –, le capitaine Virlevent avait tort sur quantité de points. Il avait tort en ce qui concernait sa philosophie personnelle, car les occasions ne manquent pas où il vaut mieux hésiter. Il avait tort en ce qui concernait le décès de sa femme, car, comme le soupçonnait Fiona, Mme Virlevent n'était pas morte accidentellement d'une fâcheuse rencontre avec un lamantin. Il avait tort d'appeler Phil «Cuistot», car il est toujours plus courtois d'appeler quelqu'un par son nom, et il avait eu tort aussi de déserter le *Queequeg*, quoi qu'ait pu lui raconter cette femme venue le chercher. Il avait eu tort également de faire confiance à son beau-fils tant d'années durant, tort de participer à la destruction de l'Aquacentre Amberlu, tort de soutenir, voilà si longtemps, qu'un certain article du *Petit pointilleux* ne contenait que la vérité vraie, et de montrer l'article en question à tant de gens, y compris aux parents Baudelaire, aux trois Snicket et à la femme dont il se trouvait que j'étais amoureux.

Cela dit, le capitaine Virlevent avait raison sur un point. Il avait raison d'affirmer qu'il est des secrets, en ce monde, trop horribles pour de jeunes esprits, étant donné qu'il est des secrets en ce monde trop horribles pour les esprits de tous âges, aussi tendres que celui de Prunille Baudelaire et aussi endurcis que celui de Gregor Amberlu, des secrets si abominables qu'il vaut mieux les tenir secrets, ce qui est d'ailleurs la raison, sans doute, pour laquelle ils sont devenus secrets – l'un de ces abominables secrets étant l'étrange forme allongée que les enfants avaient vue sur l'écran du sonar et qu'à l'instant même ils revoyaient en direct, tandis qu'arc-boutés contre ce hublot ils plongeaient les yeux dans l'eau noire.

La nuit était tombée – la nuit de ce lundi soir –, de sorte qu'il faisait très sombre, et les enfants distinguaient à peine cette immense chose qui sinuait entre deux eaux. Ils n'auraient su dire – et je ne le dirai pas – s'il s'agissait d'un monstrueux engin bâti de main d'homme, sorte d'hallucinant submersible, ou de quelque odieuse créature marine. Tout ce qu'ils voyaient, c'était une ombre immense qui ondulait sans relâche, un peu comme si le long sourcil d'Olaf s'était changé en serpent de mer géant, aussi féroce que le regard cruel de son maître, aussi noir que la vilenie même. Jamais encore les enfants Baudelaire ne s'étaient trouvés face à pareille apparition, et ils en restaient pétrifiés, continuant de presser sur cette vitre avec l'énergie du désespoir.

Est-ce à ce silence de plomb que les trois enfants durent leur salut ? Toujours est-il que l'ombre sinistre ondula une toute dernière fois, puis elle commença de se fondre dans la noirceur des eaux.

— Chhh, fit Violette très bas, bien qu'aucun d'eux n'eût émit un son.

Mais c'était le *chhh* très doux qu'on chuchote à un bébé qui pleure au cœur de la nuit, arraché au sommeil par l'un de ces drames horribles qui bouleversent les nuits des bébés et maintiennent toute la maisonnée en veille active – expression signifiant ici «l'œil ouvert et sur le pied de guerre, afin d'assurer la sécurité». Il ne signifie rien de spécial, ce chuchotis doux, et pourtant les cadets Baudelaire n'interrogèrent pas leur aînée ; ils restèrent seulement en veille active et regardèrent avec elle l'étrange forme ondulante disparaître dans la nuit sous-marine, les laissant sains et saufs.

Au bout d'un moment, sans un mot, Violette détacha ses mains du hublot, elle redescendit de la table et regagna son perchoir aux commandes du *Queequeg*. Durant tout le reste du voyage, aucun des enfants ne souffla mot, comme si le puissant maléfice jeté par cette apparition sans nom refusait de se dissiper. Toute la nuit et jusqu'au matin, Violette actionna manettes et leviers, attentive à conserver le cap fixé, Klaus garda le nez sur les cartes, attentif à la route suivie, et Prunille servit de larges tranches du gâteau d'anniversaire de Violette, attentive au moral des troupes – mais aucun d'eux ne souffla mot jusqu'à ce qu'un *bombodom !* étouffé vienne secouer le *Queequeg*, après quoi le sous-marin s'immobilisa en douceur.

Violette descendit l'échelle de corde et se glissa sous une tubulure pour aller jeter un coup d'œil au périscope, tout comme le capitaine Virlevent avait dû le faire, quelques jours plus tôt – que cela semblait loin ! –, lorsque leur radeau était venu s'échouer sur sa coque.

— On y est, dit-elle. Terminus.

Et les trois enfants quittèrent la grande salle pour longer le boyau humide et gagner la petite pièce qui tenait lieu de vestibule à bord du sous-marin.

— Valv ? demanda Prunille.

— Pas la peine, répondit Violette. Par le périscope, j'ai vu la plage, donc nous ne sommes plus en plongée. Il nous suffit de grimper à cette échelle...

— ... Pour nous retrouver à la case départ, compléta Klaus. Là où nous étions... il y a si longtemps.

Discuter n'avançait à rien. À la queue leu leu, les trois enfants gravirent l'échelle, leurs pas résonnant d'échos le long du puits métallique. Violette saisit la grosse poignée tournante qui commandait l'ouverture de l'écoutille, mais ses cadets l'avaient rejointe et eux aussi saisirent la poignée. Ensemble, les trois enfants firent pivoter cette poignée, ensemble ils soulevèrent le panneau d'écoutille, ensemble ils émergèrent du sous-marin, ensemble ils descendirent l'échelle à son flanc et se retrouvèrent sur le sable de la plage de Malamer.

C'était le matin – à la même heure que ce triste jour où les trois enfants avaient appris, au même endroit, la terrible nouvelle de l'incendie, et il faisait le même temps, gris et brumeux, que ce matin-là. Violette repéra un galet plat, et mince, et lisse, qu'elle ramassa comme elle l'avait fait, des mois plus tôt, afin de l'envoyer ricocher sur l'eau, sans se douter que cette eau, bientôt, elle en explorerait les profondeurs sournoises.

Clignant des yeux dans la lumière du matin, les trois enfants avaient cette étrange impression qu'un cycle s'apprêtait à reprendre à zéro – qu'ils allaient recevoir une terrible nouvelle, qu'on allait les mener vers un nouveau logis, qu'ils allaient se retrouver entourés de scélérats comme il leur était arrivé tant de fois – de même que, peut-être, de votre côté, vous vous demandez si je ne reprends pas mon misérable récit à zéro, non sans vous prévenir d'abord que, si vous aimez les fins heureuses, vous feriez mieux de prendre un autre livre... C'est un sentiment détestable, cette impression que jamais la chance ne tournera en votre faveur, que vous êtes prisonnier d'un cycle toujours prêt à se reproduire. Vous vous sentez affreusement passif, et les trois enfants se sentaient passifs comme ils s'étaient sentis passifs sur les eaux de la Frappée. Résignés à accepter ce que le sort leur enverrait, ils laissaient errer leur regard sur cette grande plage inchangée.

— Gaack! Gaack! fit Prunille soudain; autrement dit: «Vous avez vu la drôle de forme qui vient de sortir du brouillard?»

Et les trois enfants regardèrent une silhouette familière venir vers eux à longues enjambées, s'arrêter face à eux, soulever un haut-de-forme et tousser longuement dans un grand mouchoir blanc.

— Ça alors! Vous voilà donc? s'écria M. Poe lorsqu'il eut fini de tousser. Que je sois pendu... Je n'en crois pas mes yeux!

— Vous? demanda Klaus éberlué. C'est *vous* que nous sommes censés retrouver ici?

— Il semblerait, dit M. Poe, fronçant les sourcils et tirant de sa poche un papier froissé. Je n'y croyais pas mais... j'ai reçu un message m'annonçant que vous seriez là ce matin. Ici, sur la plage de Malamer.

— Et qui vous l'a envoyé, ce message? s'enquit Klaus.

M. Poe toussa un bon coup, puis il leva les épaules en signe d'ignorance. Il semblait avoir vieilli depuis la dernière fois que les enfants l'avaient vu – et ils s'interrogèrent soudain : et eux, avaient-ils l'air vieilli, aussi ?

— Le message est signé J. S., répondit M. Poe. Quelque chose me dit que c'est cette journaliste du *Petit pointilleux*, là, Geraldine Julienne. Mais comment diantre êtes-vous venus ici ? Et d'où sortez-vous, d'abord ? Laissez-moi vous dire, enfants Baudelaire, j'avais renoncé à tout espoir de vous retrouver un jour ! C'était triste de songer que la fortune Baudelaire resterait à la banque, à prendre la poussière et accumuler les intérêts ! Enfin bref, n'en parlons plus. Vous feriez mieux de me suivre, je suis garé pas très loin d'ici. Et vous me devez quelques petites explications, les enfants.

— Non, dit Violette.

— Comment ça, non ? s'étrangla M. Poe, et il dut tousser longuement dans son grand mouchoir blanc. Bien sûr que si, vous me devez des explications ! Vous êtes restés introuvables très longtemps, les enfants. C'est faire preuve d'un manque d'égards considérable que de disparaître comme ça sans prévenir, surtout quand on est accusé de meurtre, d'enlèvement, d'incendie criminel et autres combines inqualifiables ! Si ! Si ! vous allez me suivre à ma voiture, et je vous emmène au poste de police, et nous...

— Non, répéta Violette.

Et, plongeant la main dans la poche de son uniforme, elle en sortit la dépêche reçue à bord du *Queequeg* pour la relire à ses cadets.

À l'heure fuchsia, quand l'échine et les yeux
Se relèvent du bureau, quand la machine
humaine attend
Comme un poney qui piaffe en ronflant...

— Ça, dit-elle, c'est ce que nous avons reçu...
Elle se tut, parcourant des yeux le haut de la plage. Quelque chose retint son attention. Elle eut un pâle sourire et reprit :
— Mais le vrai poème dit :

À l'heure violette, quand l'échine et les yeux
Se relèvent du bureau, quand la machine
humaine attend
Comme un taxi attend en ronflant...

— Second niveau de perception des vers, dit Klaus.
— Cod, dit Prunille.
— De quoi parlez-vous donc ? demanda M. Poe. Qu'est-ce que vous mijotez ?
— Les mots remplacés, poursuivit Violette, sont «violette», «taxi» et «attend». Nous ne sommes pas censés aller avec M. Poe. Nous sommes censés prendre un taxi.

Du geste, elle indiqua le haut de la plage. Là, à peine visible dans la brume, un véhicule jaune attendait, rangé le long du trottoir. Klaus et Prunille acquiescèrent en silence. Violette se tourna vers le banquier.

— Nous ne pouvons pas venir avec vous, M. Poe, dit-elle. Nous avons autre chose à faire.

— Ne dites donc pas de bêtises ! s'emporta M. Poe. Je ne sais pas d'où vous sortez, ni comment vous avez débarqué ici, ni pourquoi vous portez des portraits du père Noël sur vos espèces de combinaisons, mais je...

— C'est Herman Melville, pas le père Noël, rectifia Klaus. À une autre fois, M. Poe.

— Certainement pas. Tu viens avec moi, jeune homme !

— Sayonara ! lança Prunille, et les trois enfants, d'un pas vif, commencèrent à remonter la plage, laissant M. Poe tousser de surprise.

— Hé ! attendez ! cria-t-il sitôt qu'il émergea de son mouchoir. Voulez-vous bien revenir ici, vous trois ! Vous êtes des enfants ! Vous êtes des mineurs ! Vous êtes des orphelins !

Mais les enfants, sans se retourner, gravissaient la pente de sable, et la voix de M. Poe, dans leur dos, s'effilochait dans la brume et le vent.

— Au fait, pourquoi «violette», dans le message ? murmura Klaus à sa sœur. La dépêche était adressée au *Queequeg*. Et rien n'est violet ici – ni l'heure, ni le taxi.

— Cod? suggéra Prunille.

— Peut-être, dit Violette. Ou peut-être que Quigley avait juste envie d'écrire mon nom.

— Enfants Baudelaire! s'égosillait M. Poe en bas de la plage.

Mais sa voix était à peine audible, comme si les enfants avaient rêvé son apparition dans la brume.

— Tu crois que Quigley est là, dans le taxi, à nous attendre? demanda Klaus.

— Je l'espère, dit Violette, et elle se mit à courir, aussitôt imitée de ses cadets, le sable voltigeant sous leurs bottes. Quigley, murmurait Violette tout bas, puis elle éleva la voix : Quigley! Quigley!

Enfin le trio atteignit le taxi, mais les vitres étaient teintées, de sorte qu'on ne voyait pas qui se trouvait à l'intérieur.

— Quigley? appela Violette, et elle ouvrit une portière à la volée.

À l'intérieur, il n'y avait pas de Quigley. Une femme était assise au volant, une femme que les enfants n'avaient jamais vue, vêtue d'un long manteau noir boutonné jusqu'au menton. Ses mains étaient gantées de coton blanc, et deux livres reposaient sur ses genoux, sans doute pour lui tenir compagnie durant l'attente. Elle parut sursauter quand la portière s'ouvrit, mais sitôt qu'elle vit les enfants, elle eut un hochement de tête courtois, puis un début de sourire, comme si elle les connaissait un peu sans pour autant être une amie. Ce sourire-là était celui que l'on adresse à un collègue, ou à un membre d'une confrérie à laquelle on appartient aussi.

— Bonjour, enfants Baudelaire, dit-elle avec un petit geste de la main. Montez.

Les enfants se consultèrent du regard. Ils savaient très bien qu'en principe on ne doit jamais monter à bord du véhicule d'un inconnu, mais ils savaient aussi que cette règle ne s'applique pas nécessairement aux taxis, dont le conducteur est presque toujours un inconnu. De plus, lorsque la conductrice avait levé la main pour les saluer, ils avaient aperçu les titres des ouvrages posés sur ses genoux. C'étaient deux recueils de poésie : *Le Morse et le Charpentier & autres poèmes*, par Lewis Carroll, et *Poèmes choisis*, par T.S. Eliot. Peut-être, si l'un des ouvrages avait été signé Edgar Guest, les enfants auraient-ils tourné les talons et couru vers M. Poe. Mais il n'est pas si courant, en ce monde, de rencontrer quelqu'un qui apprécie la poésie de qualité, aussi les trois enfants s'accordèrent-ils le temps d'hésiter.

— Qui êtes-vous ? demanda finalement Violette.

La dame battit des paupières, puis elle gratifia

les enfants, une fois de plus, d'un commencement de sourire, comme si elle s'était attendue à ce qu'ils connaissent la réponse.

— Mon nom est Kit Snicket, dit-elle.

Et les enfants montèrent en voiture, aidant la chance à tourner et brisant pour la première fois le cycle infortuné de leurs jeunes vies.

LEMONY SNICKET a reçu plus d'une citation pour acte de bravoure face à la vilenie, sans parler de citations pour acte de prudence lorsque la bravoure n'en valait pas la chandelle. Il a été vu pour la dernière fois par des témoins peu dignes de confiance ou particulièrement soupçonneux. Durant ses loisirs, il camoufle toute trace de ses faits et gestes.

BRETT HELQUIST est né à Ganado (Arizona), il a grandi à Orem (Utah) et vit aujourd'hui à Brooklyn (New York). Pour traduire en images la vie tragique des orphelins Baudelaire, il se sert de crayons cassés, de peinture desséchée et de tonnes de mouchoirs en papier.

Aux commandes d'une petite voiture baptisée *Queequeg VI* pour d'excellentes raisons, **ROSE-MARIE VASSALLO** s'est plu en compagnie du capitaine Virlevent – tout en se gardant bien de l'informer qu'elle figure au *Guinness des Records* à la rubrique: «Hésitation».

Bien cher éditeur,

Mes ennemis, je le crains, so.
avec un extraordinairement
de sorte que jamais peut-être

La route des Pouillasses s'ac
de-sac, et il est extrêmemen
gérant de la station-service
manuscrit achevé, totalem
loin possible de toute allun

Avec mes sentiments respe

Lemony Snicke

Lemony Snicket

Hôtel

8 0 0

Bien cher ê

Toutes mes ex
complètement
mais j'en doute

Au lieu de boii
champ de març
Si vous creusez
du douzième tom

N'oubliez pas, vout
faire connaître à ur

Avec mes sentiments

Lemony Sn

Lemony Snicket

Hôtel De

8 0 0   6 3

Bien cher éditeur,

Une fois de plus, je dois
troisième fois sera la b
sans que quiconque pu

La ruelle derrière le pas
excellente cachette, imp
l'épouvantable récit des
n'utilisez EN AUCUN CA

N'oubliez pas, vous êtes
faire connaître à un larg

Avec mes sentiments resp

Lemony Snicket

ooooooo

Hôtel

8 0 0

Bien cher éditeur,

Combien d'excuses devrai-je
quatrième fois sera la bonne,
incessantes perfidies et man[

L'un des plus tortueux
bonne tasse du plus ame[
douzième et avant-dernie[

N'oubliez pas, vous êtes mo[
faire connaître à un large pu[

Avec mes sentiments respectu[

Lemony Snick[

Lemony Snicket

ℓℓℓℓℓ
Hôte
ℓℓℓℓℓ

8 0 0

Bien cher éditeur

Veuillez, je vous pri
Cette fois-ci, j'en suis
impossible de ne pas

Le chenil Galway
aboie le plus fort
chapitre entre le

N'oubliez pas, vous
faire connaître à un

Avec mes sentiments

Lemony Sn
Lemony Snicket

✑ Cher lecteur ✑

Pour ton plus grand désespoir, tu liras dans les pages suivantes un extrait de l'autobiographie non autorisée de Lemony Snicket. Et si tu n'as pas encore eu ton compte de malheurs, tu peux acheter les autres épisodes du *Funeste destin des Baudelaire* chez ton infortuné libraire. Il te les vendra peut-être, bien malgré lui, à condition que tu insistes longuement. En effet, le sort ne cesse de s'acharner sur Violette, Prunille et Klaus, et c'est bien à regret que nous t'indiquons les titres qui relatent leurs malheurs en série :

Volume I – Nés sous une mauvaise étoile
Volume II – Le laboratoire aux reptiles
Volume III – Ouragan sur le lac
Volume IV – Cauchemar à la scierie
Volume V – Piège au collège
Volume VI – Ascenseur pour la peur
Volume VII – L'arbre aux corbeaux
Volume VIII – Panique à la clinique
Volume IX – La fête féroce
Volume X – La pente glissante

Mais il est encore temps, cher lecteur, de te tourner vers des lectures plus riantes, comme te le recommandera certainement, pour ton bien, ton libraire préféré...

Le petit pointilleux

« *Toutes les nouvelles du jour au petit point* »

NÉCROLOGIE
Lemony Snicket, auteur et fuyard

Nous apprenons ce jour, de source anonyme et de fiabilité incertaine, le décès de Lemony Snicket, auteur du *Funeste destin des Baudelaire*, récit supposé authentique des heurs et malheurs des trois enfants Baudelaire. À la place de son âge, on trouve « grand, brun, yeux marron. » Il ne laisse aucun descendant connu.

Né dans un élevage de vaches laitières et non dans un hôpital, Snicket semblait promis à un brillant avenir. Après des débuts de critique théâtral - critique dans tous les sens du terme – dans les colonnes mêmes de ce journal, il publia divers ouvrages prometteurs, quoique un peu longs et alambiqués. Cette période de succès professionnel – doublé, semble-t-il, d'insuccès amoureux – connut une fin brutale lorsque éclata au grand jour son implication dans la sinistre affaire S.N.P.V. Le scandale qui s'ensuivit a été largement relaté dans ces pages.

Fuyant dès lors la justice, M. Snicket ne fut plus que très rarement aperçu en public, et le plus souvent de dos. Diverses chasses à l'homme (et chasses à la femme, pour cause d'erreur typographique) restèrent vaines. Il semble qu'aujourd'hui l'histoire des orphelins Baudelaire et la sienne soient parvenues à leur point final.

Nul ne semblant savoir où, ni quand, ni comment M. Snicket est décédé, il n'y aura pas d'obsèques. Un service funéraire pourrait cependant être célébré plus tard dans l'année.

NOTE PRÉLIMINAIRE

Je suis arrivé au port en avance, et le Prospero *n'est pas censé accoster avant une bonne demi-heure. Je vais donc en profiter pour griffonner deux ou trois remarques concernant l'annonce de ma mort, alarmante mais totalement inexacte. Je suis à ce jour, à quatre heures et demie de l'après-midi, encore parfaitement en vie, tout comme je l'étais le jour où, sirotant un thé au Café Kafka, j'ai lu ma notice nécrologique dans le journal.*

Le petit pointilleux *n'a jamais été un journal très fiable. Pas plus au temps où j'y travaillais (à l'occasion d'une mission secrète) que lorsqu'il s'est mis à publier ces reportages lamentables au sujet de l'affaire Baudelaire, et pas davantage voilà trois semaines, avec cette annonce d'une grande vente de complets-vestons pure laine, alors que le magasin en question ne vendait que des tapis de coton. Contrairement aux journaux dignes de ce nom, qui fondent leurs articles sur des faits avérés,* Le petit pointilleux *se fonde sur des insinuations, mot signifiant ici «dires de quidams qui téléphonent aux journaux et leur fournissent des renseignements ne contenant parfois pas une once de vérité».*

La seule information exacte, dans ma notice nécrologique, s'est révélée être la dernière phrase, et ce matin j'ai vécu cette expérience insolite : assister à mes propres funérailles. À ma surprise, une foule nombreuse se pressait pour suivre l'événement – essentiellement des personnes ayant cru dur comme fer à tout ce que Le petit pointilleux *a publié à mon propos, et tenant à s'assurer qu'un dangereux criminel quittait bel et bien ce bas monde.*